「原子爆弾」その前後——原 民喜小説選

目次

# 「原子爆弾」その前後——原 民喜小説選

翳

# I

私が魯迅の「孤独者」を読んだのは、一九三六年の夏のことであったが、あのなかの葬いの場面が不思議に心を離れなかった。不思議だといえば、あの本——岩波文庫の魯迅選集——に掲載してある作者の肖像が、まだ強く心に蟠(わだかま)るのであった。何ともいい知れぬ暗黒を予想さす年ではあったが、どこからともなく惻々として心に迫るものがあった。その夏がほぼ終ろうとする頃、残暑の火照りが漸く降りはじめた雨でかき消されてゆく、とある夜明け、私は茫とした状態で蚊帳のなかで目が覚めた。茫と目が覚めている私は、その時とらえどころのない、しかし、かなり烈しい自責を感じた。泳ぐような身振りで蚊帳の裾をくぐると、足許に匍(は)っている薄暗い空気を手探りながら、向側に吊してある蚊帳の方へ、何か絶望的な、愬(うった)えごとをもって、私はふらふらと近づいて行った。すると、向側の蚊帳の中には、誰だか、はっきりしない人物が深い沈黙に鎖されたまま横わっている。その誰だか、はっきりしない黒い影は、夢が覚めてから後、私の老いた母親のように思えたり、魯迅の姿のように想えたりするのだった。この夢をみた翌日、私の郷里からハハキトクの電報が来た。それから魯迅の死を新聞で知ったのは恰度亡母の四十九忌の頃であった。

　その頃から私はひどく意気銷沈して、落日の巷を行くの概（おもむき）があったし、ふと己の胸中に「孤独者」の嘲笑を見出すこともあったが、激変してゆく周囲のどこかに、もっと切実な「孤独者」が潜んでいはすまいかと、窃（ひそ）かに考えるようになった。私に最初「孤独者」の話をしかけたのは、岩井繁雄であった。もしかすると、彼もやはり「孤独者」であったのかもしれない。

　彼と最初に出逢ったのは、その前の年の秋で、ある文学研究会の席上はじめてSから紹介されたのである。その夜の研究会は、古びたビルの一室で、しめやかに行われたのだが、まことにそこの空気に応（ふさ）わしいような、それでいて、いかにも研究会などにはあきあきしているような、独特の顔つきの？　形長身の青年が、はじめから終りまで、何度も席を離れたり戻って来たりするのであった。それが主催者の長広幸人であるらしいことは、はじめから想像できたが、会が終るとSも岩井繁雄も、その男に対って何か二こと三こと挨拶して引上げて行くのであった。さて、長広幸人の重々しい印象にひきかえて、岩井繁雄はいかにも伸々した、明快率直な青年であった。長い間、未決にいて漸く執行猶予で最近釈放された彼は、娑婆に出て来たことが、何よりもまず愉快でたまらないらしく、それに文学上の抱負も、これから展望されようとする青春とともに大きかった。

岩井繁雄と私とは年齢は十歳も隔たってはいたが、折からパラつく時雨をついて、自動車を駆り、遅くまでSと三人で巷を呑み歩いたものであった。彼はSと私の両方に、絶えず文学の話を話掛けた。極く初歩的な問題から再出発する気組で――文章が粗雑だと、ある女流作家から注意されたので――今は志賀直哉のものをノートし、まず文体の研究をしているのだと、そういうことまで率直に打明けるのであった。その夜の岩井繁雄はとにかく愉快そうな存在だったが、帰りの自動車の中で彼は私の方へ身を屈めながら、魯迅の「孤独者」を読んでいるかと訊ねた。私がまだ読んでいないと答えると話はそれきりになったが、ふとその時「孤独者」という題名で私は何となくその夜はじめて見た長広幸人のことが頭に閃いたのだった。

それから夜更の客も既に杜絶えたおでん屋の片隅で、あまり酒の飲めない彼は、ただその場の空気に酔っぱらったような、何か溢れるような顔つきで、――やはり何が一番愉しかったといっても、高校時代ほど生き甲斐のあったことはない、と、ひどく感慨にふけりだした。

私が二度目の岩井繁雄と逢ったのは一九三七年の春で、その時私と私の妻は上京して暫く友人の家に滞在していたが、やはりSを通じて二三度彼と出逢ったのである。彼はその時、新聞記者になったばかりであった。が、相変らず溢れるばかりのものを顔面に湛えて、すくすくと伸び上って行こうとする姿勢で、社会部に入社したばかりの岩井繁雄はすっかりその職業が気に入っているらしかった。恰度その頃紙面を賑わした、結婚直前に轢死を遂げた花婿の事件があったが、それについて、岩井繁雄は、「あの主人公は実はそのアルマンスだよ」と語り、「それに面白いのは花婿の写真がどうしても手に入らないのだ」と、今もまだその写真を追求しているような顔つきであった。そうして、話の途中で手帳を繰り予定を書込んだり、何か行動に急きたてられているようなところがあった。かと思うと、私の妻に「一たい今頃所帯を持つとしたら、どれ位費用がかかるものでしょうか」と質問し、愛人が出来たことを愉しげに告白するのであった。いや、そればかりではない、もしかすると、その愛人と同棲した暁には、染料の会社を設立し、重役になるかもしれないと、とりとめもない抱負も語るのであった。二三度逢ったばかりで、私の妻が岩井繁雄の頼もしい人柄に惹きつけられたことは云うまでもない。私の妻はしばしば彼のことを口にし、たとえば、混みあうバスの乗降りにしても、岩井繁雄なら器用に婦人を助けることができるなどというのであった。私もまた時折彼の噂は聞いた。が、私たちはその後岩井繁雄とは遂に逢うことがなかったのである。

日華事変が勃発すると、まず岩井繁雄は巣鴨駅の構内で、筆舌に絶する光景を目撃したという、そんな断片的な噂が私のところにも聞えてきて、それから間もなく彼は召集されたのである。既にその頃、愛人と同居していた岩井繁雄は補充兵として留守隊で訓練されていたが、やがて除隊になると再び愛人の許に戻って来た。ところが、翌年また召集がかかり、その儘前線へ派遣されたのであった。ある日、私がSの許に立寄ると、Sは新聞の第一面、つまり雑誌や新刊書の広告が一杯掲載してある面だけを集めて、それを岩井繁雄の処へ送るのだと云って、「家内に何度依頼しても送ってくれないそうだから僕が引うけたのだ」とSは説明した。その説明は何か、しかし、暗然たるものを含んでいた。岩井繁雄が巣鴨駅で目撃した言語に絶する光景とはどんなことなのか私には詳しくは判らなかったが、とにかく、ぞっとするようなものがいたるところに感じられる時節であった。ある日、私の妻は小学校の講堂で傷病兵慰問の会を見に行って来ると、頻りに面白そうに余興のことなど語っていたが、その晩、わあわあと泣きだした。昼間は笑いながら見たものが、夢のなかでは堪らなく悲しいのだという。ある朝も、――それは青葉と雨の鬱陶しい空気が家のうちまで重苦しく立籠っている頃であったが――まだ目の覚めきらない顔にぞっとしたものを浮べて、「岩井さんが還って来た夢をみた。痩せて今にも斃れそうな真青な姿でした」と語る。妻はなおその夢の行衛を追うが如く、脅えた目を見すえていたが、「もしかすると、岩井さんはほんとに死ぬるのではないかしら」と嘆息をついた。それは私の妻が発病する前のことで、病的に鋭敏になった神経の前触れでもあったが、しかしこの夢は正夢であった。それから二三ヵ月して、岩井繁雄の死を私はSからきいた。戦地にやられると間もなく、彼は肺を犯され、一兵卒にすぎない彼は野戦病院で殆ど碌に看護も受けないで死に晒されたのであった。

岩井繁雄の内縁の妻は彼が戦地へ行った頃から新しい愛人をつくっていたそうだが、やがて恩賜金を受取るとさっさと老母を見捨てて岩井のところを立去ったのである。その後、岩井繁雄の知人の間では遺稿集――書簡は非常に面白いそうだ――を出す計画もあった。彼の文章が粗雑だと指摘した女流作家に、岩井繁雄は最初結婚を申込んだことがある。――そういうことも後になって誰かからきかされた。

たった一度見たばかりの長広幸人の風貌が、何か私に重々しい印象を与えていたことは既に述べた。一九三五年の秋以後、遂に私は彼を見る機会がなかった。が、時に雑誌に掲載される短かいものを読んだこともあるし、彼に対するそれとない関心は持続されていた。岩井繁雄が最初の召集を受けると、長広幸人は倉皇と満洲へ赴いた。当時は満洲へ行って官吏になりさえすれば、召集免除になるということであった。それから間もなく、長広幸人は新京で文化方面の役人になっているということをきいた。あの沈鬱なポーズは役人の服を着ても身に着くだろうと私は想像していた。それから暫く彼の消息はきかなかったが、岩井繁雄が戦病死した頃、長広幸人は結婚をしたということであった。それからまた暫く彼の消息はきかなかったが、長広幸人は北支で転地療法をしているということであった。そして、一九四二年、長広幸人は死んだ。

既に内地にいた頃から長広幸人は呼吸器を犯されていたらしかったが、病気の身で結婚生活に飛込んだのだった。ところが、その相手は資産目あての結婚であったため、死後彼のものは洗い浚い里方に持って行かれたという。一身上のことは努めて隠蔽する癖のある、長広幸人について、私はこれだけしか知らないのである。

## Ⅱ

私は一九四四年の秋に妻を喪ったが、ごく少数の知己へ送った死亡通知のほかに、満洲にいる魚芳へも端書を差出しておいた。妻を喪った私は悔み状が来るたびに、丁寧に読み返し仏壇のほとりに供えておいた。紋切型の悔み状であっても、それにはそれでまた喪にいるものの心を鎮めてくれるものがあった。本土空襲も漸く切迫しかかった頃のことで、出した死亡通知に何の返事も来ないものもあった。出した筈の通知にまだ返信が来ないという些細なことも、私にとっては時折気に掛るのであったが、妻の死を知って、ほんとうに悲しみを頒ってくれるだろうとおもえた川瀬成吉からもどうしたものか、何の返事もなかった。

私は妻の遺骨を郷里の墓地に納めると、再び棲みなれた千葉の借家に立帰り、そこで四十九日を迎えた。輸送船の船長をしていた妻の義兄が台湾沖で沈んだということをきいたのもその頃である。サイレンはもう頻々と鳴り唸っていた。そうした、暗い、望みのない明け暮れにも、私は凝と蹲ったまま、妻と一緒にすごした月日を回想することが多かった。その年も暮れようとする、底冷えの重苦しい、曇った朝、一通の封書が私のところに舞込んだ。差出人は新潟県××郡××村×川瀬丈吉となっている。一目見て、魚芳の父親らしいことが分ったが、何気なく封を切ると、内味まで父親の筆跡で、息子の死を通知して来たものであった。私が満洲にいるとばかり思っていた川瀬成吉は、私の妻より五ヵ月前に既にこの世を去っていたのである。

私がはじめて魚芳を見たのは十二年前のことで、私達が千葉の借家へ移った時のことである。私たちがそこへ越した、その日、彼は早速顔をのぞけ、それからは殆ど毎日証文を取りに立寄った。大概朝のうち証文を取ってまわり、夕方自転車で魚を配達するのであったが、どうかすると何かの都合で、日に二三度顔を現わすこともあった。そういう時も彼は気軽に一里あまりの路を自転車で何度も往復した。私の妻は毎日顔を逢わせているので、時々、彼のことを私に語るのであったが、まだ私は何の興味も関心も持たなかったし、殆ど碌に顔も知っていなかった。

私がほんとうに魚芳の小僧を見たのは、それから一年後のことと云っていい。ある日、私達は隣家の細君と一緒にブラブラと千葉海岸の方へ散歩していた。すると、向の青々とした草原の径をゴムの長靴をひきずり、自転車を脇に押しやりながら、ぶらぶらやって来る青年があった。私達の姿を認めると、いかにも懐しげに帽子をとって、挨拶をした。

「魚芳さんはこの辺までやって来るの」と隣家の細君は訊ねた。

「ハア」と彼はこの一寸した逢遭を、いかにも愉しげにニコニコしているのであった。やがて、彼の姿が遠ざかって行くと、隣家の細君は、

「ほんとに、あの人は顔だけ見たら、まるで良家のお坊ちゃんのようですね」と嘆じた。その頃から私はかすかに魚芳に興味を持つようになっていた。

その頃――と云っても隣家の細君が魚芳をほめた時から、もう一年は隔っていたが、――私の家に宿なし犬が居ついて、表の露次でいつも寝そべっていた。褐色の毛並をした、その懶惰な雌犬は魚芳のゴム靴の音をきくと、のそのそと立上って、鼻さきを持上げながら自転車の後について歩く。何となく魚芳はその犬に対しても愛嬌を示すような身振であった。彼がやって来ると、この露次は急に賑やかになり、細君や子供たちが一頻り陽気に騒ぐのであったが、ふと、その騒ぎも少し鎮まった頃、窓の方から向を見ると、魚芳は木箱の中から魚の

頭を取出して犬に与えているのであった。そこへ、もう一人雑魚売りの爺さんが天秤棒を担いでやって来る。魚芳のおとなしい物腰に対して、この爺さんの方は威勢のいい商人であった。そうするとまた露次は賑やかになり、爺さんの忙しげな庖丁の音や、魚芳の滑らかな声が暫くつづくのであった。――こうした、のんびりした情景はほとんど毎日繰返されていたし、ずっと続いてゆくもののようにおもわれた。だが、日華事変の頃から少しずつ変って行くのであった。

私の家は露次の方から三尺幅の空地を廻ると、台所に行かれるようになっていたが、そして、台所の前にもやはり三尺幅の空地があったが、そこへ毎日、八百屋、魚芳をはじめ、いろんな御用聞がやって来る。台所の障子一重を隔てた六畳が私の書斎になっていたので、御用聞と妻との話すことは手にとるように聞える。私はぼんやりと彼等の会話に耳をかたむけることがあった。ある日も、それは南風が吹き荒んでものを考えるには明るすぎる、散漫な午後であったが、米屋の小僧と魚芳と妻との三人が台所で賑やかに談笑していた。そのうちに彼等の話題は教練のことに移って行った。二人とも青年訓練所へ通っているらしく、その台所前の狭い空地で、魚芳たちは「になえつつ」の姿勢を実演して興じ合っているのであった。二人とも来年入営する筈であったので、兵隊の姿勢を身につけようとして陽気に騒ぎ合っているのだ。その恰好がおかしいので私の妻は笑いこけていた。だが、何か笑いきれないものが、目に見えないところに残されているようでもあった。台所へ姿を現していた御用聞のうちでは、八百屋がまず召集され、つづいて雑貨屋の小僧が、これは海軍志願兵になって行ってしまった。それから、豆腐屋の若衆がある日、赤襷をして、台所に立寄り忙しげに別れを告げて行った。

目に見えない憂鬱の影はだんだん濃くなっていたようだ。が、魚芳は相変らず元気で小豆に立働いた。妻が私の着古しのシャツなどを与えると、大喜びで彼はそんなものも早速身に着けるのであった。朝は暗いうちから市場へ行き、夜は皆が寝静まる時まで板場で働く、そんな内幕も妻に語るようになった。料理の骨（こつ）が憶えたくて堪らないので、教えを乞うと、親方は庖丁を使いながら彼の方を見やり、「黙って見ていろ」と、ただ、そう呟くのだそうだ。鞠躬如（きっきゅうじょ）として勤勉に立働く魚芳は、もしかすると、そこの家の養子にされるのではあるまいか、と私の妻は臆測もした。ある時も魚芳は私の妻に、あなたとそっくりの写真がありますよ。それが主人のかみさんの妹なのですが、と大発見をしたように告げるのであった。

冬になると、魚芳は鵯（ひよどり）を持って来て呉れた。彼の店の裏に畑があって、そこへ毎朝沢山小鳥が集まるので、釣針に蚯蚓（みみず）を附けたものを木の枝に吊しておくと、小鳥は簡単に獲れる。餌は前の晩しつらえておくと、霜の朝、小鳥は木の枝に動かなくなっている——この手柄話を妻はひどく面白がったし、私も好きな小鳥が食べられるので喜んだ。すると、魚芳は殆ど毎日小鳥を獲ってはせっせと私のところへ持って来る。夕方になると台所に彼の弾んだ声がきこえるのだった。――この頃が彼にとっては一番愉しかった時代かもしれない。その後戦地へ赴いた彼に妻が思い出を書いてやると、「帰って来たら又幾羽でも鶫鳥を獲って差上げます」と何かまだ弾む気持をつたえるような返事であった。

翌年春、魚芳は入営し、やがて満洲の方から便りを寄越すようになった。その年の秋から私の妻は発病し療養生活を送るようになったが、妻は枕頭で女中を指図して慰問の小包を作らせ魚芳に送ったりした。温かそうな毛の帽子を着た軍服姿の写真が満洲から送って来た。きっと魚芳はみんなに可愛がられているに違いない。炊事も出来るし、あの気性では誰からも重宝がられるだろう、と妻は時折噂をした。妻の病気は二年三年と長びいていたが、そのうちに、魚芳は北支から便りを寄越すようになった。もう程なく除隊になるから帰ったらよろしくお願いする、とあった。魚芳はまた帰って来て魚屋が出来ると思っているのかしら……と病妻は心細げに嘆息した。一しきり台所を賑わしていた御用聞きたちの和やかな声ももう聞かれなかったし、世の中はいよいよ兇悪な貌を露出している頃であった。千葉名産の蛤の缶詰を送ってやると、大喜びで、千葉へ帰って来る日をたのしみにしている礼状が来た。年の暮、新潟の方から梨の箱が届いた。差出人は川瀬成吉とあった。それから間もなく除隊になった挨拶状が届いた。魚芳が千葉へ訪れて来たのは、その翌年であった。

その頃女中を備えなかったので、妻は寝たり起きたりの身体で台所をやっていたが、ある日、台所の裏口へ軍服姿の川瀬成吉がふらりと現れたのだった。彼はきちんと立ったまま、ニコニコしていた。久振りではあるし、私も頻りに上ってゆっくりして行けとすすめたのだが、彼はかしこまったまま、台所のところの閾から一歩も内へ這入ろうとしないのであった。「何になったの」と、軍隊のことはよく分らない私達が訊ねると、「兵長になりました」と嬉しげに応え、これからまだ魚芳へ行くのだからと、倉皇として立去ったのである。

そして、それきり彼は訪ねて来なかった。あれほど千葉へ帰る日をたのしみにしていた彼はそれから間もなく満洲の方へ行ってしまった。だが、私は彼が千葉を立去る前に街の歯医者でちらとその姿を見たのであった。恰度私がそこで順番を待っていると、後から入って来た軍服の青年が歯医者に挨拶をした。「ほう、立派になったね」と老人の医者は懐しげに肯いた。やがて、私が治療室の方へ行きそこの椅子に腰を下すと、間もなく、後からやって来たその青年も助手の方の椅子に腰を下した。「これは仮りにこうしておきますから、また郷里の方でゆっくりお治しなさい」その青年の手当はすぐ終ったらしく、助手は「川瀬成吉さんでしたね」と、机のところのカードに彼の名を記入する様子であった。それまで何となく重苦しい気分に沈んでいた私はその名をきいて、はっとしたが、その時にはもう彼は階段を降りてゆくところだった。

それから二三ヵ月して、新京の方から便りが来た。川瀬成吉は満洲の吏員に就職したらしかった。あれほど内地を恋しがっていた魚芳も、一度帰ってみて、すっかり失望してしまったのであろう。私の妻は日々に募ってゆく生活難を書いてやった。すると満洲から返事が来た。「大根一本が五十銭、内地の暮しは何のことやらわかりません。おそろしいことですね」――こんな一節があった。しかしこれが最後の消息であった。その後私の妻の病気は悪化し、もう手紙を認(したた)めることも出来なかったが、満洲の方からも音沙汰なかった。

その文面によれば、彼は死ぬる一週間前に郷里に辿りついているのである。「兼て彼の地に於て病を得、五月一日帰郷、五月八日、永眠仕候」と、その手紙は悲痛を押つぶすような調子ではあるが、それだけに、侘しいものの姿が、一そう大きく浮び上って来る。

あんな気性では皆から可愛がられるだろうと、よく妻は云っていたが、善良なだけに、彼は周囲から過重な仕事を押つけられ、悪い環境や機構の中を堪え忍んで行ったのではあるまいか。親方から庖丁の使い方は教えて貰えなくても、辛棒した魚芳、久振りに訪ねて来ても、台所の閾から奥へは遠慮して這入ろうともしない魚芳。郷里から軍服を着て千葉を訪れ、晴れがましく顧客の歯医者で手当してもらう青年。そして、遂に病軀をかかえ、とぼとぼと遠国から帰って来る男。……ぎりぎりのところまで堪えて、郷里に死にに還った男。私は何となしに、また魯迅の作品の暗い翳を思い浮べるのであった。

終戦後、私は郷里にただ死にに帰って行くらしい疲れはてた青年の姿を再三、汽車の中で見かけることがあった。……

# 美しき死の岸に

何かうっとりさせるような生温かい底に不思議に冷気を含んだ空気が、彼の頬に触れては動いてゆくようだった。図書館の窓からこちらへ流れてくる気流なのだが、凝と頬をその風にあてていると、魂は魅せられたように彼は何を考えるともなく思い耽っているのだった。一秒、一秒の静かな光線の足どりがここに立ちどまって、一秒、一秒のひそやかな空気がむこうから流れてくる。世界は澄みきっているのではあるまいか。それにしても、この澄みきった時刻がこんなにかなしく心に沁みるのはどうしたわけなのだろう……。

ふと、視線を窓の外の家屋の屋根にとめると、彼にはこの街から少し離れたところにある自分の家の姿がすぐ眼に浮んできた。その家のなかでは容態のおもわしくない妻が今も寝床にいる。妻も今の今、何かうっとりと魅せられた世界のなかに呼吸（いき）づいているのだろうか。容態のおもわしくない妻は、もう長い間の病床生活の慣わしから、澄みきった世界のなかに呼吸づくことも身につけているようだった。だが、荒々しいものや、暴れ狂うものは、日毎その家の塀の外まで押し寄せていた。塀の内の小さな庭には、小さな防空壕のまわりに繁るままに繁った雑草や、朱く色づいた酸漿（ほおずき）や、萩の枝についた小粒の花が、――それはその年も季節があって夏の終ろうとすることを示していたが、――ひっそりと内側の世界のように静まっていた。それから、障子の内側には妻の病床をとりかこんで、見なれた調度や、小さな装飾品が、病人の神経を鎮めるような表情をもって静かに呼吸づいているのだ。――そうして、妻が病床にいるということだけが、現在彼の生きている世界のなかに、とにかく拠りどころを与えているようだった。

彼の呼吸づいている外側の世界は、ぼんやりと魔ものの影に覆われてもの悲しく廻転しているのだった。週に一度、電車に乗って彼は東京まで出掛けて行くのだが、人々の服装も表情も重苦しいものに満たされていた。その文化映画社に入社してまだ間もない彼には、そこの運転は漠然としかわからなかったが、ここでも何かもう追い詰められてゆくものの影があった。試写が終ると、演出課のルームで、だらだらと合評会がつづけられる。どの椅子からも、さまざまの言いまわしで何ごとかが論じられている。だが、それらは彼にとって、殆ど何のかかわりもないことのようだった。殆ど何のかかわりもない男が黙りこくって椅子に掛けている。その男の脳裏には、家に残した病妻と、それから、眼には見えないが、刻々に迫ってくる巨大な機械力の流れが描かれていた。すると、ある日その演出課のルームでは何か浮々と話が弾んでいた。フランスではじまったマキ匪団の抵抗が一しきり華やかな話題となっていたのだ。――彼はその映画会社の瀟洒な建物を出て、さびれた鋤道を歩いていると、日まわりの花が咲誇っていて、半裸体で遊んでいる子供の姿が目にとまる。まだ、日まわりの花はあって、子供もいる、と彼は目にとめて眺めた。都会の上に展がる夏空は嘘のように明るい光線だった。虚妄の世界は彼が歩いて行くあちこちにあった。黒い迷彩を施されてネオンの取除かれた劇場街の狭い路を人々はぞろぞろ歩いている。

「大変なことになるだろうね、今に……」

彼と一緒に歩いている友は低い声で呟いた。と、それは無限の嘆きと恐怖のこもった声となって彼の耳に残った。

混みあう階段や混濁したホームをくぐり抜けて、彼を乗せた電車が青々とした野づらに、出ると、窓から吹込んでくる風も吻と爽やかになる。だが、混濁した虚妄の世界は、やはり彼の脳裏にまつわりついていた。入社して彼に与えられた仕事は差当って書物を読み漁ることだけだった。が、遽か仕込みに集積される朧気な知識は焦点のない空白をさまよっていた。紙の上で学んだ機械の構造が、工場の組織が、技術の流れが……彼にはただ悪夢か何かのようにおもわれる。空白のなかを押進んでゆく機械力の流れ――それはやがて刻々に破滅にむかって突入している――その流れが、動揺する電車の床にも、彼の靴さきにも、ひびいてくるようだ。だが、電車を降りて彼の家の方へその露次を這入って行くと、疲労感とともに吻と何か甦える別のものがある。それが何であるかは彼には分りすぎるぐらい分っていた。

家を一歩外にすれば、彼には殆ど絶え間なしに、どこかの片隅で妻の神経が働きかけ追かけてくるような気がした。寝たままで動けない姿勢の彼女が何を考え、何を感じているのか、頻りと何かに祈っているらしい気配が、それがいつも彼の方へ伝わってくる。どうかすると、彼は生の圧迫に堪えかねて、静かに死の岸に招かれたくなる。だが、そうした弱々しい神経の彼に、絶えず気をくばり励まそうとしているのは、寝たまま動けない妻であった。起きて動きまわっている彼の方がむしろ病人の心に似ていた。妻は彼が家の外の世界から身につけて戻って来る空気をすっかり吸集するのではないかとおもわれた。それから、彼が枕頭で語る言葉から、彼の読み漁っている本のなかの知織の輪郭まで感じとっているような気もした。

昨日も彼はリュックを肩にして、ある知りあいの農家のところまで茫々とした野らを歩いていた。茫々とした草原に細い白い路が走っていて、真昼の静謐はあたりの空気を麻痺させているようだった。が、ふと彼の眼の四五米彼方で、杉の木が小さく揺らいだかとおもうと、そのまま根元からパタリと倒れた。気がつくと誰かがそれを鋸で切倒していたのだが、今、青空を背景に斜に倒れてゆく静かな樹木の一瞬の姿は、フィルムの一齣ではないかとおもわれた。こんな、ひっそりとした死……それは一瞬そのまま鮮かに彼の感覚に残ったが、その一齣はそのまま家にいる妻の方に伝わっているのではないかとおもえた。……農家から頒けてもらったトマトは庭の防空壕の底に籠に入れて貯えられた。冷やりとする仄暗い地下におかれたトマトの赤い皮が、上から斜に洩れてくる陽の光のため彼の眼に沁みるようだった。すると、彼には寝床にいる妻にこの仄暗い場所の情景が透視できるのではないかしらとおもえた。

……生暖かい底に不思議な冷気を含んだ風がうっとりと何か現在を追憶させていた。彼はその街にある小さな図書館に入って、ぼんやりと憩うことが近頃の習慣となっていたのだ。

書物を閉じると、彼は窓際の椅子を離れて、受附のところへ歩いて行った。と、さきほどまで彼の頬に吹寄せていた生温かいが不思議に冷気を含んだ風の感触は消えていた。だが、何かわからないが彼のなかを貫いて行ったものは消えようとしなかった。閲覧室を出て、階段を下りて行きながらも、さきほどの風の感覚が彼のなかに残っていた。

それは沖から吹きよせてくる季節の信号なのだろうか。夏から秋へ移るひそかな兆なら彼は毎年見て知っていた。だが、さきほどの風は、まるでこの地球より、もっと遙かなところから流れて来て、遙かなところへ流れてゆくもののようだった。その中に身を置いておれば、何の不安も苦悩もなく、静かに宇宙のなかに溶け去ることもできそうだ。だが、それにしても何かかなしく心に沁みるものがあるのはどうしたわけなのだろう。(人間の心に爽やかなものが立ちかえってくるのだろうか。）もしかすると何か全く新しいものの訪れの前ぶれなのだろうか。……彼はまだ、さきほどの風の感触に思い惑いながら往来に出て行った。人通りの少ない、こぢんまりした路は静かな光線のなかにあった。煉瓦塀や小さな溝川や楓の樹などが落着いた陰翳をもって、それは彼の記憶に残っている昔の郷里の街と似かよってきた。

ほとんど総ての物から　感受への合図が来る。
向きを変える毎に　追憶を吹き起す風が来る。
何気なく見逃がして過ぎた一日が
やがて自分へのはっきりとした贈りものに成って蘇る。

いつも頭に浮ぶリルケの詩の一節を繰返していた。

その春、その街の大学病院を退院して以来、自宅で養生をつづけるようになってからも、妻の容態はおもわしくなかった。夜ひどい咳の発作におそわれたり、衰弱は目に見えて著しかった。だが、彼の目には妻の「死」がどうしても、はっきりと目に見えて迫っては来なかった。その部屋一杯にこもっている病人の雰囲気も、どうかすると彼には馴れて安らかな空気のようにおもえた。と、夏が急に衰えて、秋の気配のただよう日がやって来た。その日、彼女の母親は東京へ用足しに出掛けて行ったので、家の中は久しぶりに彼と妻の二人きりになっていた。

寝たままで動けない姿勢で、妻は彼の方を見上げた。と、彼もまた寝たままで動けない姿勢で、何ものかを見上げているような心持がするのだったが……。

「死んで行ってしまった方がいいのでしょう。こんなに長わずらいをしているよりか」

それは弱々しい冗談の調子を含みながら、彼の返事を待ちうけている真面目な顔つきであった。だが、彼には死んでゆく妻というものが、まだ容易に考えられなかった。四年前の発病以来、寝たり起きたりの療養をつづけているその姿は、彼にとってはもう不変のもののようにさえ思えていたのだ。

「もとどおりの健康には戻れないかもしれないが、だが寝たり起きたり位の状態で、とにかく生きつづけていてもらいたいね」

それは彼にとって淡い慰めの言葉ではなかった。と妻の眼には吻と安心らしい翳りが拡った。

「お母さんもそれと同じことを云っていました」

今、家のうちはひっそりとして、庭さきには秋めいた陽光がチラついていた。そういう穏かな時刻なら、彼は昔から何度も巡りあっていた。だから、この屋根の下の暮しが、いつかぷつりと截ち切られる時のことは、それに脅かされながらも、どう想像していいのかわからなかった。

どうかすると妻の衰えた顔には微かながら活々とした閃きが現れ、弱々しい声のなかに一つの弾みが含まれている。すると、彼は昔のあふれるばかりのものが蘇ってくるのを夢みるのだった。まだ元気だった頃、一緒に旅をしたことがある、あの旅に出かける前の快活な身のこなしが、どこかに潜んでいるようにおもえた。綺麗好きの妻のまわりには、自然にこまごましたものが居心地よく整えられていたし、夜具もシイツも清潔な色を湛えていた。それらには長い病苦に耐えた時間の祈りがこもっているようだった。壁に掛けた小さな額縁には、蔦の絡んだバルコニーの上にくっきりと碧い空が覗いていた。それはいつか旅で見上げた碧空のように美しかった。

今にも降りだしそうな冷え冷えしたものが朝から空気のなかに顫えていた。電車の窓から見える泥海や野づらの調子が、ふと彼に昨年の秋を回想させるのだった。……一年前の秋、彼と妻の生活は二つに切離されていた。糖尿病を併発した妻は大学病院に入院したが、これからはじまる新しい療養生活に悲壮な決意の姿をしていた。その時から孤独のきびしい世界が二人の眼の前に見えて来たようだった。彼は追詰められた気分のなかにも何か新しく心が研がれて澄んでゆくようだった。それは多少の甘え心地を含んだ世界ではあったが、ぼんやりと夢のような救いがどこかに佇んでいるのではないかと思えた。……熱にうるんだ妻の眼はベッドのなかでふるえていた。

「こないだ、三階から身投げした女がいるのです。あなたの病気は死ななきゃ治らないと云われて……」

　冷え冷えとした内庭に面した病室の窓から向側の棟をのぞむと、夕ぐれ近い乳白色の空気が硬い建物のまわりにおりて来て、内庭の柱の鈴蘭灯に、ほっと吐息のような灯がついていた。あのもの云わぬ灯の色は今でも彼の眼に残っているのだったが……。

　だが、彼はつい先日その大学病院を訪ねて行って大先生に来診を求めたときの情景がまざまざと甦ってくる。看護婦が持って来た四五枚のレントゲン写真を手にして眺め入ったまま、大先生は暫く何も語らない。それから妻の入院中の診断書類を早目に一読していたが、

「それでは今日の夕方お伺いしましょう」と彼に来診を約束した。それから、大先生が来るということは彼の妻にとっては大変な期待となった。妻はわざわざ新しい寝巻に着替えて約束の時刻を待っている。彼は家の外に出て俥（くるま）の姿を待った。冷えて降りだしそうな暗い空に五位鷺が叫んでとおりすぎる。そうして待ち佗びていると、ふと彼は遠い頼りない子供の心

に陥落されていた。倖がやって来たのは彼が待ち佗びて家に戻って来た後だった。大先生は妻の枕頭に坐って、丁寧に診察をつづける。羽毛をとりだして病人の足の裏を撫でてみたり、ものなれた慎重な身振りだったが、鞄から紙片をとり出すと、すらすらと処方箋を書いた。

「二週間分の処方をしておきますから、当分これを飲みつづけて下さい」

そうして、大先生は黙々と忙しそうに立上る。彼が後を追って家の外に出ると、既に倖は走りだしている。それは何か熱いものが通過した後のようにぐったりした心地だった。さきほどまで気の張りつめていたらしい妻も、ひどく悲しく疲れ顔で押し黙っている。さきほど用意したまま出しそびれていた蜜柑の缶詰が彼の目にとまった。それを皿に盛って妻の枕頭に置くと、

「ああ、おいしい」妻は寝たまま、まるで心の渇きまで医やされるように、それを素直にうけとる。佗しく暗い気分のなかに、ふと蜜柑の色だけが吻と明るく浮んでいるのだった。

……だが、その翌日彼が街に出て処方箋どおり求めて来た散薬は、もう妻の口にまるで喜びを与えなかった。何かはっきりしないが、眼に見えて衰えてゆくものがあった。気疎(けうと)そうな顔つきで、妻はぼんやりと焦点のさだまらぬ眼つきをしている。あの弱々しい眼のなかから、パッと一つの明るいものが浮びあがったら……彼は電車の片隅でぼんやりと思い耽っていた。

今にも降りだしそうな冷え冷えしたものは、そのまま持ちつづいて、街も人も影のように

薄暗かった。家を出てから続いている時間が今でも彼には不安な容態そのもののようにおもえた。映画会社の廊下を廻り演出課のルームに入っても、彼は影のように壁際に佇んでいた。

「奥さんの病気はどうかね」と友人が話しかけて来た。

「よくない」彼はぽつんと答えた。こんな会話をするようになったのかと、ふと彼には重苦しく愁わしいものがつけ加えられるようだった。


冷え冷えとしたものは絶えずみうちに顫えてくるようだったが、試写室に入ると、いつものように巨大な機械力の流れが眼の前にあった。フィルムの放つ銀色の影も速度も音響もその構成する意味も、彼にはただ、やがて破滅の世界にむかって突入している奔流のように無気味におもえた。だが、無数の無表情のなかに、ふと心惹かれる悲しげな顔が見えてくることもある。ふと、その時、試写室の扉が開いて廊下の方から誰か呼出しの声がした。瞬間、彼はハッと自分の名が呼ばれたのではないかと惑った。……試写が終ってドカドカと明るい廊下の方へ人々が散じると、重苦しい魔ものの影の姿も移動する。狭い演出課のルームの椅子は一杯になり議論が始るのだった。だが、こうして、こんな場所に彼が今生きていることは、まるで何かの間違いのようにおもえてくる。今は魘（うな）されるような感覚ばかりが彼をとりまいているのだった。刻々にふるえる佗しいものが会社を出て鋪道を歩きながらも、彼に附きまとっていた。混みあう電車に揺られながら、彼はじっと何か悲痛なものに堪えている心境だった。だが、電車が広漠とした野を走りつづけ、見馴れた芋畑や崖の叢が窓の外に見えて来たとき、外はしきりに雨が降りつづいていた。まるで、それは堪えかねて、ついに泣き崩れてしまったものの姿だ。こんなにも悲しい、こんなにも悲しいのか、……何が？　冷え冷えとした真暗な底に突落されてゆく感覚が彼の身うちに喰込んで来る。こんなにも悲しい、こんなにも悲しいのか、何が……？　この訳のわからぬ感傷は今かぎりのものなのだろうか、やがて別の日が訪れてくれれば消え失せてしまうのだろうか……ぼんやりと彼がおもい惑っていると、ぽっと電灯がついて車内は明るくなった。と、灯のついている彼の家の姿が、びしょ濡れの闇のなかにもすぐ描かれた。

「お母さん、お母さん」

今、目ざめたばかりの彼はふと隣室で妻のかすかな声をきくと、寝床を出て台所の方にいる母親に声をかけた。それから、その弱々しいなかにも何か訴えを含んでいる声にひきつけられて、彼は妻の枕頭にそっと近寄ってみた。妻の顔は昨夜からひきつづいている不機嫌な苛々したものを湛えていた。だが、それは故意にそうしている顔ではなく、何かもう外界の空気に堪えられなくなり、外界から拒否されたものの姿らしかった。瞼はだるそうに窄められ、そこから細く覗いている眸はぼんやりと力なく何ものかを怨じていた。

……一週間前に、妻は小さな手帳に鉛筆で遺書を認めていた。枕頭に置かれていたので彼も読んでそれは知っていた。けれども、それを認めた妻も読んだ彼も、ほんとうに別離が切迫したものとはまだ信じきれないようだったのだ。

昨日の夕方、電車を降りて彼が暗い雨のなかを急込んで戻ってくると、家には灯のついた病室が待っていた。彼は妻の枕頭に屈んで「どうだったか」と訊ねた。

「今日は気分も軽かったのに、お母さんがひとりでおろおろされるので何か苛々しました」

枕頭に食べさしの林檎が置いてあった。林檎が届いたら、と長い間持ち望んでいたのだが、注文の荷が届いたときには、これはもう彼女の口にあわなくなっていたのだ。ふと、妻は指の爪で唇の薄皮をむしりとろうとした。

「どうしてそんなことをするのだ」

「…………」妻は無言で唇の皮を引裂いた。

……今、朝の光線で見ると、昨夜傷けた唇はひどく痛々しそうだった。やがて、母親が食膳を運んでくると妻は普段のように箸をとった。だが、忽ち悲しげに顔を顰めた。それから、つらそうに無理強いに食事をつづけようとした。殆ど何かにとり縋るようにしながら悶え苦しんで食事を摂ろうとする姿は見るに堪えなかった。これははじめて見る異様な姿だった。

それから重苦しい時間が過ぎて行った。昼の食事は母親がいくらすすめても遂に摂ろうとしなかった。日が暮れるに随って、時間は小刻みに顫えながら過ぎて行った。

　夕食の用意が出来て枕頭に置かれた。が、妻は母親のすすめる食事を厭うように、わずかに二箸ばかり手をつけるだけだった。電灯のあかりの下に、すべてが薄暗くふるえていた。食後の散薬を呑んだかとおもうと、間もなく妻は吐気を催して苦しみだした。今、目には見えないが針のようなものがこの部屋のなかに降りそそいでくるようだった。

　……ずっと以前から彼も妻も「死」についてはお互によく不思議そうな嘆きをもって話しあっていた。人間の最後の意識が杜絶える瞬間のことを殆ど目の前に見るように想像さえしていた。少女の頃、一度危篤に瀕したことのある妻は、その時見た数限りない花の幻の美しかったことをよく話した。それから妻は入院中の体験から死んでゆく人のうめき声も知っていた。それは、まるで可哀相な動物が夢でうなされているような声だ、と妻は云っていた。彼も「死」の幻影には絶えず脅かされていた。が、今の今、眼の前に苦しみだしている妻が死に吹き攫われてゆくのかどうか、彼にはまだわからなかった。「死」が彼よりさきに妻のなかを通過してゆくとは、昔から殆ど信じられないことだったのだ。だが、たとえ今「死」が妻に訪れて来たとしても、眼の前にある苦しみの彼方に妻はもう一つ別の美しい死を招きよせるかもしれない。それは日頃から彼女の底にうっすらと感じられるものだった。彼も今、最も美しいものの訪れを烈しく祈った。……………

胃にはもう何も残っていそうもないのに、妻はまだ苦しみつづけた。これはまるで訳のわからぬことだった。

「よく腹を立てるから腹にしこりが出来たのかな」彼はふと冗談を云っていた。

「この頃ちょっとも腹は立てなかったのに」と妻は真面目そうに応えた。そのうちに、妻は口の渇きを訴えて、氷を欲しがった。隣室で母親は彼に小声で云った。

「もう唾液がなくなったのでしょう」

それから母親は近所で氷の塊りを頒けてもらって来た。氷があったので彼は吻と救われたような気がした。氷は硝子の器から妻の唇を潤おした。うとうとと眼を閉じたまま妻の痛みはいくらか落着いてくるようだった。

夜はもう更けていた。彼は別室に退いて横臥していた。が、暫くすると母親に声をかけられた。

「お腹を撫でてやって下さい。あなたに撫でてもらいたいと云っています」

彼は妻の体に指さきで触れながら、苦しみに揉まれてゆくような気がした。妻の苦しみは少し鎮まっては、また新しく始って行った。彼は茫とした心のなかに、熱い熱い疼きがあった。これが最後なのだろうか。それなら……。だが、今となってはもう妻にむかって改めてこの世の別れの言葉は切りだせそうもなかった。言い残すかもしれない無数のおもいは彼のていた。

なかに脈打っていた。妻はまた氷を欲しがった。それからまた吐き気を催し、ぐったりとしていた。

「もう少しすれば夜が明けるよ」

かたわらに横臥して、そんなさりげないことを話しかけると、妻は静かに頷く。そうしていると、まだ妻に救いが訪れてくるようで、もう長い長い間、二人はそんな救いを待ちつづけていたような気もした。そして、これは彼等の穏やかな日常生活の一ときに還ってゆくようでさえあった。だが、ふと吃驚したように妻は胸のあたりの苦しみを訴えだした。その声は今迄の声とひどく異っていた。それは魔にうなされたように、哀切な声になってゆく。愕然として、彼も今その声にうなされているようだった。病苦が今この家全体を襲いゆさぶっているのだ。

彼が玄関を出ると、外は仄暗い夜明だった。どこの家もまだ戸を鎖していたが、町医のベルを押すと、灯がついて戸は開いた。医者は後からすぐ行くことを約束した。

家に戻って来ると、妻の苦悶はまだ続いていた。「つらいわ、つらいわ」と、とぎれとぎれに声は波打つようだった。彼はその脇に横臥するようにして声をかけた。

「外はまだ薄暗かったよ。医者はすぐ来ると云っていた」

妻は苦しみながらも頷いていた。妻が幼かったとき一度危篤に陥って、幻にみたという美しい花々のことがふと彼の念頭に浮んだ。

「しっかりしてくれ。すぐ医者はやってくるよ。ね、今度もう一度君の郷里へ行ってみよう」

妻はぼんやり頷いた。玄関の戸が開いて医者がやって来た。医者の来たことを知ると、妻は更に辛らそうに喘いで訴えた。

「先生、助けて、助けて下さい」

医者は静かに聴診器を置くと、注射の用意をした。その注射が済むと、医者は彼を玄関の外に誘った。

「危篤です。知らすところへ電報を打ったらどうです」

医者はとっとと立去った。彼は妻の枕頭に引返した。妻はまだ苦悶をつづけていた。

「どうだ、少しは楽になったか」

妻は眼を閉じて嬰児のように頭を左右に振っていた。暫くすると、さきほどから続いていた声の調子がふと変って来た。

「あ、迅い、迅い、星……」

少女のような声はただそれきりで杜切れた。それから昏睡状態とうめき声がつづいた。もう何を云いかけても妻は応えないのであった。

彼は急いで街へ出て、郷里の方へ電報を打っておいた。急いで家に戻って来ると、玄関のところで、まだ妻のうめき声がつづいているのを耳にした。その瞬間、今はそのうめき声がつづいていることだけが彼の唯一のたよりのようにおもえた。

彼は妻の枕頭に坐ったまま、いつまでも凝としていた。時間は過ぎて行き、庭の方に朝の陽が射して来た。あたりの家々からも物音や人声がして、その日は外界はいつもと変りない姿であった。昏睡のままうめき声をつづけている妻に「死」が通過しているのだろうか。いつかは、妻とそのことについてお互に話しあえそうな気もした。だが、妻のうめき声はだんだん衰えて行った。やがて、その声は一うねり高まったかと思うと、息は杜絶えていた。

（『群像』一九四九年四月号）

# 壊滅の序曲

　朝から粉雪が降っていた。その街に泊った旅人は何となしに粉雪の風情に誘われて、川の方へ歩いて行ってみた。本川橋は宿からすぐ近くにあった。本川橋という名も彼は久し振りに思い出したのである。むかし彼が中学生だった頃の記憶がまだそこに残っていそうだった、粉雪は彼の繊細な視覚を更に鋭くしていた。橋の中ほどに佇んで、岸を見ていると、ふと、「本川饅頭」という古びた看板があるのを見つけた。突然、彼は不思議なほど静かな昔の風景のなかに浸っているような錯覚を覚えた。が、つづいて、ぶるぶると戦慄が湧くのをどうすることもできなかった。この粉雪につつまれた一瞬の静けさのなかに、最も痛ましい終末の日の姿が閃いたのである。……彼はそのことを手紙に誌して、その街に棲んでいる友人に送った。そうして、そこの街を立去り、遠方へ旅立った。

　……その手紙を受取った男は、二階でぼんやり窓の外を眺めていた。すぐ眼の前に隣家の小さな土蔵が見え、屋根近くその白壁の一ところが剝脱していて粗い赭土を露出させた寂しい眺めが、——そういう些細な部分だけが、昔ながらの面影を湛えているようであった。……彼も近頃この街へ棲むようになったのだが、久しいあいだ郷里を離れていた男には、すべてが今は縁なき衆生のようであった。少年の日の彼の夢想を育んだ山や河はどうなったのだろうか、——彼は足の赴くままに郷里の景色を見て歩いた。残雪をいただいた中国山脈や、その下を流れる川は、ぎごちなく武装した、ざわつく街のために稀薄な印象をとどめていた。巷では、行逢う人から、木で鼻を括るような扱いを受けた殺気立った中に、何ともいえぬ間の抜けたものも感じられる、奇怪な世界であった。

……いつのまにか彼は友人の手紙にある戦慄について考えめぐらしていた。想像を絶した地獄変、しかも、それは一瞬にして捲き起るようにおもえた。そうすると、彼はやがてこの街とともに滅び失せてしまうのだろうか、それとも、この生れ故郷の末期の姿を見とどけるために彼は立戻って来たのであろうか。賭にも等しい運命であった。どうかすると、その街が何ごともなく無疵のまま残されること、——そんな虫のいい、愚かしいことも、やはり考え浮ぶのではあった。

黒羅紗(くろらしゃ)の立派なジャンパーを腰のところで締め、綺麗(きれい)に剃刀のあたった頤を光らせながら、清二は忙しげに正三の部屋の入口に立ちはだかった。

「おい、何とかせよ」

そういう語気にくらべて、清二の眼の色は弱かった。彼は正三が手紙を書きかけている机の傍に坐り込むと、側にあったヴィンケルマンの『希臘芸術模倣論』の挿絵をパラパラとめくった。正三はペンを擱くと、黙って兄の仕事を眺めていた。若いとき一時、美術史に熱中したことのあるこの兄は、今でもそういうものには惹きつけられるのであろうか……。だが、清二はすぐにパタンとその本を閉じてしまった。

それはさきほどの「何とかせよ」という語気のつづきのようにも正三にはおもえた。長兄のところへ舞戻って来てからもう一カ月以上になるのに、彼は何の職に就くでもなし、ただ朝寝と夜更しをつづけていた。

彼にくらべると、この次兄は毎日を規律と緊張のうちに送っているのであった。製作所が退けてからも遅くまで、事務所の方に灯がついていることがある。そこの露次を通りかかった正三が事務室の方へ立寄ってみると、清二はひとり机に凭って、せっせと書きものをしていた。工員に渡す月給袋の捺印とか、動員署へ提出する書類とか、そういう事務的な仕事に満足していることは、彼が書く特徴ある筆蹟にも窺われた。判で押したような型に嵌った綺麗な文字で、いろんな掲示が事務室の壁に張りつけてある。……正三がぼんやりその文字に見とれていると、清二はくるりと廻転椅子を消えのこった煉炭ストーブの方へ向けながら、「タバコやろうか」と、机の抽匣（ひきだし）から古びた鵬翼（ほうよく）の袋を取出し、それから棚の上のラジオにスイッチを入れるのだった。ラジオは硫黄島の急を告げていた。話はとかく戦争の見とおしになるのであった。清二はぽつんと懐疑的なことを口にしたし、正三ははっきり絶望的な言葉を吐いた。……夜間、警報が出ると、清二は大概、事務所へ駈けつけて来た。警報が出てから五分もたたない頃、表の呼鈴が烈しく鳴る。寝呆け顔の正三が露次の方から、内側の扉を開けると、表には若い女が二人佇んでいる。監視当番の女工員であった。「今晩は」と一人が正三の方へ声をかける。正三は直かに胸を衝かれ、襟を正さねばならぬ気持がするのであった。それから彼が事務室の闇を手探りながら、ラジオに灯りを入れた頃、厚い防空頭巾を被った清二がそわそわやって来る。「誰かいるのか」と清二は灯の方へ声をかけ、椅子に腰を下ろすのだが、すぐにまた立上って工場の方を見て廻った。そうして、警報が出た翌朝も、清二は早くから自転車で出勤した。奥の二階でひとり朝寝をしている正三のところへ、「いつまで寝ているのだ」と警告しに来るのも彼であった。

今も正三はこの兄の忙しげな容子にいつもの警告を感じるのであったが、清二は『希臘芸術模倣論』を元の位置に置くと、ふとこう訊ねた。

「兄貴はどこへ行った」

「けさ電話かかって、高須の方へ出掛けたらしい」
するると、清二は微かに眼に笑みを浮べながら、ごろりと横になり、「またか、困ったなあ」と軽く呟くのであった。それは正三の口から順一の行動について、もっといろんなことを喋りだすのを待っているようであった。だが、正三には長兄と嫂とのこの頃の経緯は、どうもはっきり筋道が立たなかったし、それに、順一はこのことについては必要以外のことは決して喋らないのであった。

正三が本家へ戻って来たその日から、彼はそこの家に漾う空気の異状さに感づいた。それは電燈に被せた黒い布や、いたるところに張りめぐらした暗幕のせいではなく、また、妻を喪って仕方なくこの不自由な時節に舞戻って来た弟を歓迎しない素振ばかりでもなく、もっと、何かやりきれないものが、その家には潜んでいた。順一の顔には時々、険しい陰翳が抉られていたし、嫂の高子の顔は思いあまって茫と疼くようなものが感じられた。三菱へ学徒動員で通勤している二人の中学生の甥も、妙に黙り込んで陰鬱な顔つきであった。

……ある日、嫂の高子がその家から姿を晦ました。すると順一のひとり忙しげな外出が始り、家の切廻しは、近所に棲んでいる寡婦の妹に任せられた。この康子は夜遅くまで二階の正三の部屋にやって来ては、のべつまくなしに、いろんなことを喋った。嫂の失踪はこんどが初めてではなく、もう二回も康子が家の留守をあずかっていることを正三は知った。この三十すぎの小姑の口から描写される家の空気は、いろんな臆測と歪曲に満ちていたが、それだけに正三の頭脳に熱っぽくこびりつくものがあった。

……暗幕を張った奥座敷に、飛きり贅沢な緞子の炬燵蒲団が、スタンドの光に射られて紅く燃えている、――その側に、気の抜けたような順一の姿が見かけられることがあった。その光景は正三に何かやりきれないものをつたえた。だが、翌朝になると順一は作業服を着込んで、せっせと疎開の荷造を始めている。その顔は一図に傲岸な殺気を含んでいた。……それから時々、市外電話がかかって来ると、長兄は忙しげに出掛けて行く。高須には誰か調停者がいるらしかった――、が、それ以上のことは正三にはわからなかった。

……妹はこの数年間の嫂の変貌振りを、――それは戦争のためあらゆる困苦を強いられて来た自分と比較して、――戦争によって栄耀栄華をほしいままにして来たものの姿として、そしてこの訳のわからない今度の失踪も、更年期の生理的現象だろうかと、何かもの恐しげに語るのであった。……だらだらと妹が喋っていると、清二がやって来て黙って聴いていることがあった。「要するに、勤労精神がないのだ。少しは工員のことも考えてくれたらいいのに」と次兄はぽつんと口を挿む。「まあ、立派な有閑マダムでしょう」と妹も頷く。「だが、この戦争の虚偽が、今ではすべての人間の精神を破壊してゆくのではないかしら」と、正三が云いだすと「ふん、そんなまわりくどいことではない、だんだん栄耀の種が尽きてゆくので、嫂はむかっ腹たてだしたのだ」と清二はわらう。

高子は家を飛出して、一週間あまりすると、けろりと家に帰って来た。だが、何かまだ割りきれないものがあるらしく、四五日すると、また行方を晦ました。すると、また順一の追求が始まった。「今度は長いぞ」と順一は昂然として云い放った。「愚図愚図すれば、皆から馬鹿にされる。四十にもなって、碌に人に挨拶もできない奴ばかりじゃないか」と弟達にあてこすることもあった。……正三は二人の兄の性格のなかに彼と同じものを見出すことがあって、時々、厭な気持がした。森製作所の指導員をしている康子は、兄たちの世間に対する態度の拙劣さを指摘するのだった。その拙劣さは正三にもあった。……しかし、長い間、離れているうちに、何と兄たちはひどく変って行ったことだろう。それでは正三自身はちっとも変らなかったのだろうか。……否。みんなが、みんな、日毎に迫る危機に晒されて、まだまだ変ろうとしているし、変ってゆくに違いない。ぎりぎりのところをみとどけなければならぬ。――これが、その頃の正三に自然に浮んで来るテーマであった。

「来たぞ」といって、清二は正三の眼の前に一枚の紙片を差出した。点呼令状であった。正三はじっとその紙に眼をおとし、印刷の隅々まで読みかえした。

「五月か」と彼はそう呟いた。正三は昨年、国民兵の教育召集を受けた時ほどにはもう驚かなかった。がしかし清二は彼の顔に漾う苦悶の表情をみてとって、「なあに、どっちみち、今となっては、内地勤務だ、大したことないさ」と軽くうそぶいた。……五月といえば、二カ月さきのことであったが、それまでこの戦争が続くだろうか、と正三は窃かに考え耽った。

何ということなしに正三は、ぶらぶらと街をよく散歩した。妹の息子の乾一を連れて、久し振りに泉邸へも行ってみた。昔、彼が幼かったとき彼もよく誰かに連れられて訪れたことのある庭園だが、今も淡い早春の陽ざしのなかに樹木や水はひっそりとしていた。絶好の避難場所、そういう想念がすぐ閃めくのであった。……映画館は昼間から満員だったし、盛場の食堂はいつも賑わっていた。正三は見覚えのある小路を選んでは歩いてみたが、どこにももう子供心に印されていた懐しいものは見出せなかった。下士官に引率された兵士の一隊が悲壮な歌をうたいながら、突然、四つ角から現れる。頭髪に白鉢巻をした女子勤労学徒の一隊が、兵隊のような歩調でやって来るのともすれちがった。

……橋の上に佇んで、川上の方を眺めると、正三の名称を知らない山々があったし、街のはての瀬戸内海の方角には島山が、建物の蔭から顔を覗けた。この街を包囲しているそれらの山々に、正三はかすかに何かよびかけたいものを感じはじめた。……ある夕方、彼はふと町角を通りすぎる二人の若い女に眼が惹きつけられた。健康そうな肢体と、豊かなパーマネントの姿は、明日の新しいタイプかとちょっと正三の好奇心をそそった。彼は彼女たちの後を追い、その会話を漏れ聴こうと試みた。

「お芋がありさえすりゃあ、ええわね」

間ののびた、げっそりするような声であった。

森製作所では六十名ばかりの女子学徒が、縫工場の方へやって来ることになっていた。学徒受入式の準備で、清二は張切っていたし、その日が近づくにつれて、今迄ぶらぶらしていた正三も自然、事務室の方へ姿を現し、雑用を手伝わされた。新しい作業服を着て、ガラガラと下駄をひきずりながら、土蔵の方から椅子を運んでくる正三の様子は、慣れない仕事に抵抗しようとするような、ぎごちなさがあった。……椅子が運ばれ、幕が張られ、それに清二の書いた式順の項目が掲示され、式場は既に整っていた。その日は九時から式が行われるはずであった。だが、早朝から発せられた空襲警報のために、予定はすっかり狂ってしまった。

「……備前岡山、備後灘、松山上空」とラジオは艦載機来襲を刻々と告げている。正三の身支度が出来た頃、高射砲が唸りだした。この街では、はじめてきく高射砲であったが、どんよりと曇った空がかすかに緊張して来た。だが、機影は見えず、空襲警報は一旦、警戒警報に移ったりして、人々はただそわそわしていた。……正三が事務室へ這入って行くと、鉄兜を被った上田の顔と出逢った。

「とうとう、やって来ましたの、なんちゅうことかいの」

と、田舎から通勤して来る上田は彼に話しかける。その逞しい体軀や淡泊な心を現している相手の顔つきは、いまも何となしに正三に安堵の感を抱かせるのであった。そこへ清二のジャンパー姿が見えた。顔は颯爽と笑みを浮べようとして、眼はキラキラ輝いていた。……上田と清二が表の方へ姿を消し、正三ひとりが椅子に腰を下ろしていた時であった。彼は暫くぼんやりと何も考えてはいなかったが、突然、屋根の方を、ビュンと唸る音がして、つづいて、パリパリと何か裂ける響がした。それはすぐ頭上に墜ちて来そうな感じがして、正三の視覚はガラス窓の方へつっ走った。向うの二階の檐と、庭の松の梢が、一瞬、異常な密度で網膜に映じた。音響はそれきり、もうきこえなかった。暫くすると、表からドヤドヤと人々が帰って来た。「あ、魂消た、度胆を抜かれたわい」と三浦は歪んだ笑顔をしていた。……警報解除になると、往来をぞろぞろと人が通りだした。ざわざわしたなかに、どこか浮々した空気さえ感じられるのであった。すぐそこで拾ったのだといって誰かが砲弾の破片を持って来た。

　その翌日、白鉢巻をした小さな女学生の一クラスが校長と主任教師に引率されてぞろぞろとやって来ると、すぐに式場の方へ導かれ、工員たちも全部着席した頃、正三は三浦と一緒に一番後からしんがりの椅子に腰を下ろしていた。県庁動員課の男の式辞や、校長の訓示はいい加減に聞流していたが、やがて、立派な国民服姿の順一が登壇すると、正三は興味をもって、演説の一言一句をききとった。こういう行事には場を踏んで来たものらしく、声も態度もキビキビしていた。だが、かすかに言葉に——というよりも心の矛盾に——つかえているようなところもあった。正三がじろじろ観察していると、順一の視線とピッタリ出喰わした。それは何かに挑みかかるような、不思議な光を放っていた。……学徒の合唱が終ると、彼女たちはその日から賑やかに工場へ流れて行った。毎朝早くからやって来て、夕方きちんと整列して先生に引率されながら帰ってゆく姿は、ここの製作所に一脈の新鮮さを齎し、多少の潤いを混えるのであった。そのいじらしい姿は正三の眼に映った。

正三は事務室の片隅で釦を数えていた。卓の上に散らかった釦を百箇ずつ纏めればいいのであるが、のろのろと馴れない指さきで無器用なことを続けていると、来客と応対しながらじろじろ眺めていた順一はとうとう堪りかねたように、「そんな数え方があるか、遊びごとではないぞ」と声をかけた。せっせと手紙を書きつづけていた片山が、すぐにペンを擱いて、正三の側にやって来た。「あ、それですか、それはこうして、こんな風にやって御覧なさい」片山は親切に教えてくれるのであった。この彼よりも年下の、元気な片山は、恐しいほど気がきいていて、いつも彼を圧倒するのであった。

艦載機がこの街に現れてから九日目に、また空襲警報が出た。が、豊後水道から侵入した編隊は佐田岬で迂廻し、続々と九州へ向うのであった。こんどは、この街には何ごともなかったものの、この頃になると、遽かに人も街も浮足立って来た。軍隊が出動して、街の建物を次々に破壊して行くと、昼夜なしに疎開の馬車が絶えなかった。

昼すぎ、みんなが外出したあとの事務室で、正三はひとり岩波新書の『零の発見』を読み耽っていた。ナポレオン戦役の時、ロシア軍の捕虜になったフランスの一士官が、憂悶のあまり数学の研究に没頭していたという話は、妙に彼の心に触れるものがあった。……ふと、そこへ、せかせかと清二が戻って来た。何かよほど興奮しているらしいことが、顔つきに現れていた。

「兄貴はまだ帰らぬか」

「まだらしいな」正三はぼんやり応えた。相変らず、順一は留守がちのことが多く、高子との紛争も、その後どうなっているのか、第三者には把めないのであった。

「ぐずぐずしてはいられないぞ」清二は怒気を帯びた声で話しだした。「外へ行って見て来るといい。竹屋町の通りも平田屋町辺もみんな取払われてしまったぞ。被服支廠もいよいよ疎開だ」

「ふん、そういうことになったのか。してみると、広島は東京よりまず三月ほど立遅れてい

たわけだね」正三が何の意味もなくそんなことを呟くと、

「それだけ広島が遅れていたのは有難いと思わねばならぬではないか」と清二は眼をまじまじさせてなおも硬い表情をしていた。

……大勢の子供を抱えた清二の家は、近頃は次から次へとごったかえす要件で紛糾していた。どの部屋にも疎開の衣類が跳繰（はねく）りだされ、それに二人の子供は集団疎開に加わって近く出発することになっていたので、その準備だけでも大変だった。手際のわるい光子はのろのろと仕事を片づけ、どうかすると無駄話に時を浪費している。清二は外から帰って来ると、いつも苛々した気分で妻にあたり散らすのであったが、その癖、夕食が済むと、奥の部屋に引籠って、せっせとミシンを踏んだ。リュックサックなら既に二つも彼の家にはあったし、急ぐ品でもなさそうであった。清二はただ、それを拵える面白さに夢中だった。「なあにくそ、なあにくそ」とつぶやきながら、針を運んだ。「職人なんかに負けてたまるものか」事実、彼の拵えたリュックは下手な職人の品よりか優秀であった。

……こうして、清二は清二なりに何か気持を紛らし続けていたのだが、今日、被服支廠に出頭すると、工場疎開を命じられたのには、急に足許が揺れだす思いがした。それから帰路、竹屋町辺まで差しかかると、昨日まで四十何年間も見馴れた小路が、すっかり歯の抜けたようになっていて、兵隊は滅茶苦茶に鉈を振るっている。二十代に二三年他郷に遊学したほかは、殆どこの郷土を離れたこともなく、与えられた仕事を堪えしのび、その地位も漸く安定していた清二にとって、これは堪えがたいことであった。……一体全体どうなるのか。正三などにわかることではなかった。彼は、一刻も速く順一に会って、工場疎開のことを告げておきたかった。親身で兄と相談したいことは、いくらもあるような気持がした。それなのに、順一は順一で高子のことに気を奪われ、今は何のたよりにもならないようであった。

清二はゲートルをとりはずし、暫くぼんやりしていた。そのうちに上田や三浦が帰って来ると、事務室は建物疎開の話で持ちきった。「乱暴なことをするのう。うちに、鋸で柱をゴシゴシ引いて、縄かけてエンヤサエンヤサと引張り、それで片っぱしからめいで行くのだから、瓦も何もわや苦茶じゃ」と上田は兵隊の早業に感心していた。「永田の紙屋なんか可哀相なものさ。あの家は外から見ても、それは立派な普請だが、親爺さん床柱を撫でてわいわい泣いたよ」と三浦は見てきたように語る。すると、清二も今はニコニコしながら、この話に加わるのであった。そこへ冴えない顔つきをして順一も戻って来た。

四月に入ると、街にはそろそろ嫩葉（わかば）も見えだしたが、壁土の土砂が風に煽られて、空気はひどくザラザラしていた。車馬の往来は絡繹（らくえき）とつづき、人間の生活が今はむき出しで晒されていた。

「あんなものまで運んでいる」と、清二は事務室の窓から外を眺めて笑った。大八車に雉子の剝製が揺れながら見えた。「情ないものじゃないか。中国が悲惨だとか何とか云いながら、こちらだって中国のようになってしまったじゃないか」と、流転の相(すがた)に心を打たれてか、順一もつぶやいた。この長兄は、要心深く戦争の批判を避けるのであったが、硫黄島が陥落した時には、「東条なんか八つ裂きにしてもあきたらない」と漏した。だが、清二が工場疎開のことを急かすと、「被服支廠から真先に浮足立ったりしてどうなるのだ」と、あまり賛成しないのであった。

正三もゲートルを巻いて外出することが多くなった。銀行、県庁、市役所、交通公社、動員署――どこへ行っても簡単な使いであったし、帰りにはぶらぶらと巷を見て歩いた。……堀川町の通りがぐいと思いきり切開かれ、土蔵だけを残し、ギラギラと破壊の跡が遠方まで展望されるのは、印象派の絵のようであった。これはこれで趣もある、と正三は強いてそんな感想を抱こうとした。すると、ある日、その印象派の絵の中に真白な鷗(かもめ)が無数に動いていた。勤労奉仕の女学生たちであった。彼女たちはピカピカと光る破片の上におりたち、白い上衣(うわぎ)に明るい陽光を浴びながら、てんでに弁当を披いているのであった。……古本屋へ立寄ってみても、書籍の変動が著しく、狼狽と無秩序がここにも窺われた。「何か天文学の本はありませんか」そんなことを尋ねている青年の声がふと彼の耳に残った。

……電気休みの日、彼は妻の墓を訪れ、その序でに饒津公園の方を歩いてみた。以前この辺は花見遊山の人出で賑わったものだが、そうおもいながら、ひっそりとした木蔭を見やると、老婆と小さな娘がひそひそと弁当をひろげていた。桃の花が満開で、柳の緑は燃えていた。だが、正三にはどうも、まともに季節の感覚が映って来なかった。何かがずれさがって、恐しく調子を狂わしている。――そんな感想を彼は友人に書き送った。岩手県の方に疎開している友からもよく便りがあった。「元気でいて下さい。細心にやって下さい」そういう短い言葉の端にも正三は、ひたすら終戦の日を祈っているものの気持を感じた。だが、その新しい日まで己は生きのびるだろうか。……

片山のところに召集令状がやって来た。精悍な彼は、いつものように冗談をいいながら、てきぱきと事務の後始末をして行くのであった。

「これまで点呼を受けたことはあるのですか」と正三は彼に訊ねた。

「それも今年はじめてある筈だったのですが、……いきなりこれでさあ。何しろ、千年に一度あるかないかの大いくさですよ」と片山は笑った。

長い間、病気のため姿を現さなかった三津井老人が事務室の片隅から、憂わしげに彼等の様子を眺めていたが、このとき静かに片山の側に近寄ると、

「兵隊になられたら、馬鹿になりなさいよ、ものを考えてはいけませんよ」と、息子に云いきかすように云いだした。

……この三津井老人は正三の父の時代から店にいた人で、子供のとき正三は一度学校で気分が悪くなり、この人に迎えに来てもらった記憶がある。そのとき三津井は青ざめた彼を励しながら、川のほとりで嘔吐する肩を撫でてくれた。そんな、遠い、細かなことを、無表情に近い、窄んだ顔は憶えていてくれるのだろうか。正三はこの老人が今日のような時代をどう思っているか、尋ねてみたい気持になることもあった。だが、老人はいつも事務室の片隅で、何か人を寄せつけない頑なものを持っていた。

……あるとき、経理部から、暗幕につける環を求めて来たことがある。上田が早速、倉庫から環の箱を取出し、事務室の卓に並べると、「そいつは一箱いくつ這入っていますか」と経理部の兵は訊ねた。「千箇でさあ」と上田は無造作に答えた。隅の方で、じろじろ眺めていた老人はこのとき急に言葉をさし挿んだ。

「千箇？　そんな筈はない」

上田は不思議そうに老人を眺め、

「千箇でさあ、これまでいつもそうでしたよ」

「いいや、どうしても違う」

老人は立上って秤を持って来た。それから、百箇の環の目方を測ると、次に箱全体の環を秤にかけた。全体を百で割ると、七百箇であった。

森製作所では片山の送別会が行われた。すると、正三の知らぬ人々が事務室に現れ、いろんなものをどこかから整えてくるのであった。順一の加わっている、さまざまなグルウプ、それが互に物資の融通をし合っていることを正三は漸く気づくようになった。……その頃になると、高子と順一の長い間の葛藤は結局、曖昧になり、思いがけぬ方角へ解決されてゆくのであった。

疎開の意味で、高子には五日市町の方へ一軒、家を持たす、そして森家の台所は恰度、息子を学童疎開に出して一人きりになっている康子に委ねる、——そういうことが決定すると、高子も晴れがましく家に戻って来て、移転の荷拵えをした。だが、高子にもまして、この荷造に熱中したのは順一であった。彼はいろんな品物に丁寧に綱をかけ、覆いや枠を拵えた。そんな作業の合間には、事務室に戻り、チェック・プロテクターを使ったり、来客と応対した。夜は妹を相手にひとりで晩酌をした。酒はどこかから這入って来たし、順一の機嫌はよかった……

と、ある朝、B29がこの街の上空を掠めて行った。森製作所の縫工場にいた学徒たちは、一斉に窓からのぞき、屋根の方へ匐い出し、空に残る飛行機雲をみとれた。「綺麗だわね」「おお速いこと」と、少女たちはてんでに嘆声を放つ。Ｂ29も、飛行機雲も、この街に姿を現したのはこれがはじめてであった。――昨年来、東京で見なれていた正三には久し振りに見る飛行機雲であった。

その翌日、馬車が来て、高子の荷は五日市町の方へ運ばれて行った。「嫁入りのやりなおしですよ」と、高子は笑いながら、近所の人々に挨拶して出発した。だが、四五日すると、高子は改めて近所との送別会に戻って来た。電気休業で、朝から台所には餅臼が用意されて、順一や康子は餅搗の支度をした。そのうちに隣組の女達がぞろぞろと台所にやって来た。……今では正三も妹の口から、この近隣の人々のことも、うんざりするほどきかされていた。誰と誰とが結托していて、何処と何処が対立し、いかに統制をくぐり抜けてみんなそれぞれ遣繰(やりくり)をしているか。台所に姿を現した女たちは、みんな一筋縄ではゆかぬ相貌であったが、正三などの及びもつかぬ生活力と、虚偽を無邪気に振舞う本能をさずかっているらしかった。……「今のうちに飲んでおきましょうや」と、そのころ順一のところにはいろんな仲間が宴会の相談を持ちかけ、森家の台所は賑わった。そんなとき近所のおかみさん達もやって来て加勢するのであった。

正三は夢の中で、嵐が揉みくちゃにされて墜ちているのを感じた。つづいて、窓ガラスがドシン、ドシンと響いた。そのうちに、「煙が、煙が……」と何処かすぐ近くで叫んでいるのを耳にした。ふらふらする足どりで、二階の窓際へ寄ると、遙か西の方の空に黒煙が濛々と立騰(たちのぼ)っていた。服装をととのえ階下に行った時には、しかし、もう飛行機は過ぎてしまった後であった。……清二の心配そうな顔があった。「朝寝なんかしている際じゃないぞ」と彼は正三を叱りつけた。その朝、警報が出たことも正三はまるで知らなかったのだが、ラジオが一機、浜田（日本海側、島根県の港）へ赴いたと報じたかとおもうと、間もなくこれであった。紙屋町筋に一筋パラパラと爆弾が撒かれて行ったのだ。四月末日のことであった。

五月に入ると、近所の国民学校の講堂で毎晩、点呼の予習が行われていた。それを正三は知らなかったのであるが、漸くそれに気づいたのは、点呼前四日のことであった。その日から、彼も早目に夕食を了えては、そこへ出掛けて行った。その学校も今では既に兵舎に充てられていた。燈の薄暗い講堂の板の間には、相当年輩の一群と、ぐんと若い一組が入混っていた。血色のいい、若い教官はピンと身をそりかえらすような姿勢で、ピカピカの長靴(ちょうか)の脛はゴムのように弾んでいた。

「みんなが、こうして予習に来ているのを、君だけ気づかなかったのか」

はじめ教官は穏かに正三に訊ね、正三はぼそぼそと弁解した。

「声が小さい！」

突然、教官は、吃驚するような声で呶鳴った。

……そのうち、正三もここでは皆がみんな蛮声の出し合いをしていることに気づいた。彼も首を振るい、自棄くそに出来るかぎりの声を絞りだそうとした。疲れて家に戻ると、怒号の調子が身裡に渦巻いた。……教官は若い一組を集めて、一人一人に点呼の練習をしていた。教官の問に対して、青年たちは元気よく答え、練習は順調に進んでいた。足が多少跛の青年がでてくると、教官は壇上から彼を見下ろした。

「職業は写真屋か」

「左様でございます」青年は腰の低い商人口調でひょこんと応えた。

「よせよ、ハイ、で結構だ。折角、今迄いい気分でいたのに、そんな返事されてはげっそりしてしまう」と教官は苦笑いした。この告白で正三はハッと気づいた。陶酔だ、と彼はおもった。「馬鹿馬鹿しいきわみだ。日本の軍隊はただ形式に陶酔しているだけだ」家に帰ると正三は妹の前でぺらぺらと喋った。

今にも雨になりそうな薄暗い朝であった。正三はその国民学校の運動場の列の中にいた。

五時からやって来たのであるが、訓示や整列の繰返しばかりで、なかなか出発にはならなかった。その朝、態度がけしからんと云って、一青年の頬桁を張り飛ばした教官は、何かまだ弾む気持を持てあましているようであった。そこへ恰度、ひどく垢じみた中年男がやって来ると、もそもそと何か訴えはじめた。

「何だと！」と教官の声だけが満場にききとれた。「一度も予習に出なかったくせにして、今朝だけ出るつもりか」

教官はじろじろ彼を眺めていたが、

「裸になれ！」と大喝した。そう云われて、相手はおずおずと釦を外しだした。が、教官はいよいよ猛って来た。

「裸になるとは、こうするのだ」と、相手をぐんぐん運動場の正面に引張って来ると、くるりと後向きにさせて、パッとシャツを剝ぎとった。すると青緑色の靄が立罩めた薄暗い光線の中に、瘡蓋だらけの醜い背中が露出された。

「これが絶対安静を要した軀なのか」と、教官は次の動作に移るため一寸間を置いた。

「不心得者！」この声と同時にピシリと鉄拳が閃いた。と、その時、校庭にあるサイレンが警戒警報の唸りを放ちだした。その、もの哀しげな太い響は、この光景にさらに凄惨な趣を加えるようであった。やがてサイレンが歇むと、教官は自分の演じた効果に大分満足したら

しく、

「今から、この男を憲兵隊へ起訴してやる」と一同に宣言し、それから、はじめて出発を命じるのであった。……一同が西練兵場へ差しかかると、雨がぽちぽち落ちだした。荒々しい歩調の音が堀に添って進んだ。その堀の向うが西部二部隊であったが、仄暗い緑の堤にいま躑躅（つつじ）の花が血のように咲乱れているのが、ふと正三の眼に留った。

康子の荷物は息子の学童疎開地へ少し送ったのと、知り合いの田舎へ一箱預けたほかは、まだ大部分順一の家の土蔵にあった。身のまわりの品と仕事道具は、ミシンを据えた六畳の間に置かれたが、部屋一杯、仕かかりの仕事を展げて、その中でのぼせ気味に働くのが好きな彼女は、そこが乱雑になることは一向気にならなかった。雨がちの天気で、早くから日が暮れると鼠がごそごそ這いのぼって、ボール函の蔭へ隠れたりした。綺麗好きの順一は時々、妹を叱りつけるのだが、康子はその時だけちょっと片附けてみるものの、部屋はすぐ前以上に乱れた。仕事やら、台所やら、掃除やら、こんな広い家を兄の気に入るとおりに出来ない、と、よく康子は清二に零すのであった。……五日市町へ家を借りて以来、順一はつぎつぎに疎開の品を思いつき、殆ど毎日、荷造に余念ないのだったが、荷を散乱した後は家のうちをきちんと片附けておく習慣だった。順一の持逃げ用のリュックサックは食糧品が詰められて、縁側の天井から吊されている綱に括りつけてあった。つまり､鼠の侵害を防ぐためであった。……西崎に縄を掛けさせた荷を二人で製作所の片隅へ持運ぶと、順一は事務室で老眼鏡をかけ二三の書類を読み、それから不意と風呂場へ姿を現し、ゴシゴシと流し場の掃除に取掛る。

……この頃、順一は身も心も独楽のようによく廻転した。随って、高子を疎開させたものの、町会では防空要員の疎開を拒み、移動証明を出さなかった。随って、順一は食糧も、高子のところへ運ばねばならなかった。五日市町までの定期乗車券も手に入れたし、米はこと欠かないだけ、絶えず流れ込んで来る。……風呂掃除が済む頃、順一にはもう明日の荷造のプランが出来ている。そこで、手足を拭い、下駄をつっかけ、土蔵を覗いてみるのであったが、入口のすぐ側に乱雑に積み重ねてある康子の荷物――何か取出して、そのまま蓋の開いている箱や、蓋から喰(は)みだしている衣類……が、いつものことながら目につく。暫く順一はそれを冷然と見詰めていたが、ふと、ここへはもっと水桶を備えつけておいた方がいいな、と、ひとり頷くのであった。

三十も半ばすぎの康子は、もう女学生の頃の明るい頭には還れなかったし、澄んだ魂というものは何時のまにか見喪われていた。が、そのかわり何か今では不貞不貞しいものが身に備わっていた。病弱な夫と死別し、幼児を抱えて、順一の近所へ移り棲むようになった頃から、世間は複雑になったし、その間、一年あまり洋裁修業の旅にも出たりしたが、生活難の底で、姑や隣組や嫂や兄たちに小衝(こづ)かれてゆくうちに、多少ものの裏表もわかって来た。この頃、何よりも彼女にとって興味があるのは、他人のことで、人の気持をあれこれ臆測したりすることが、殆ど病みつきになっていた。それから、彼女は彼女流に、人を掌中にまるめる、というより人と面白く交際(つきあ)って、ささやかな愛情のやりとりをすることに、気を紛らすのであった。半年前から知り合いになった近所の新婚の無邪気な夫妻もたまらなく好意が持てたので、順一が五日市の方へ出掛けて行って留守の夜など、康子はこの二人を招待して、どら焼を拵えた。燈火管制の下で、明日をも知れない脅威のなかで、これは飯事遊(ままごとあそび)のように娯(たの)しい一ときであった。

……本家の台所を預かるようになってからは、甥の中学生も「姉さん、姉さん」とよく懐いた。二人のうち小さい方は母親にくっついて五日市町へ行ったが、煙草の味も覚えはじめた、上の方の中学生は盛場の夜の魅力に惹かれてか、やはり、ここに踏みとどまっていた。夕方、三菱工場から戻って来ると、早速彼は台所をのぞく。すると、戸棚には蒸パンやドウナッツが、彼の気に入るようにいつも目さきを変えて、拵えてあった。腹一杯、夕食を食べると、のそりと暗い往来へ出掛けて行き、それから戻って来ると一風呂浴びて汗をながす。暢気そうに湯のなかで大声で歌っている節まわしは、すっかり職工気どりであった。まだ、顔は子供っぽかったが、軀は壮丁なみに発達していた。康子は甥の歌声をきくと、いつもくすくす笑うのだった。……餡を入れた饅頭を拵え、晩酌の後出すと、順一はひどく賞めてくれる。青いワイシャツを着て若返ったつもりの順一は、「肥ったではないか、ホホウ、日々に肥ってゆくぞ」と機嫌よく冗談を云うことがあった。実際、康子は下腹の方が出張って、顔はいつのまにか二十代の艶を湛えていた。だが、週に一度位は五日市町の方から嫂が戻って来た。派手なモンペを着た高子は香料のにおいを撒きちらしながら、それとなく康子の遣口を監視に来るようであった。そういうとき警報が出ると、すぐこの高子は顔を顰めるのであったが、解除になると、「さあ、また警報が出るとうるさいから帰りましょう」とそそくさと立去るのだった。

……康子が夕餉の支度にとりかかる頃には大概、次兄の清二がやって来る。疎開学童から来たといって、嬉しそうにハガキを見せることもあった。が、時々、清二は「ふらふらだ」とか「目眩がする」と訴えるようになった。顔に生気がなく、焦躁の色が目だった。康子が握飯を差出すと、彼は黙ってうまそうにパクついた。それから、この家の忙しい疎開振りを眺めて、「ついでに石灯籠も植木もみんな持って行くといい」など嗤うのであった。

前から康子は土蔵の中に放りっぱなしになっている箪笥や鏡台が気に懸っていた。「この鏡台は枠つくらすといい」と順一も云ってくれた程だし、一こと彼が西崎に命じてくれれば直ぐ解決するのだったが、己の疎開にかまけている順一は、もうそんなことは忘れたような顔つきだった。直接、西崎に頼むのはどうも気がひけた。高子の命令なら無条件に従う西崎も康子のことになると、とかく渋るようにおもえた。……その朝、康子は事務室から釘抜を持って土蔵の方へやって来た順一の姿を注意してみると、その顔は穏かに凪いでいたので、頼むならこの時とおもって、早速、鏡台のことを持ちかけた。

「鏡台？」と順一は無感動に呟いた。

「ええ、あれだけでも速く疎開させておきたいの」と康子はとり縋るように兄の眸を視つめた。と、兄の視線はちらと脇へ外らされた。

「あんな、がらくた、どうなるのだ」そういうと順一はくるりとそっぽを向いて行ってしまった。はじめ、康子はすとんと空虚のなかに投げ出されたような気持であった。それから、つぎつぎに憤りが揺れ、もう凝としていられなかった。がらくたといっても、度重なる移動のためにあんな風になったので、彼女が結婚する時まだ生きていた母親がみたててくれた記念の品であった。自分のものになると箒一本にまで愛着する順一が、この切ない、ひとの気持は分ってくれないのだろうか。……彼女はまたあの晩の怕い順一の顔つきを想い浮べていた。

それは高子が五日市町に疎開する手筈のできかかった頃のことであった。妻のかわりに妹をこの家に移し一切を切廻さすことにすると、順一は主張するのであったが、康子はなかなか承諾しなかった。一つには身勝手な嫂に対するあてこすりもあったが、加計町の方へ疎開した子供のことも気になり、一そのこと保姆となって其処へ行ってしまおうかとも思い惑った。嫂と順一とは康子をめぐって宥めたり賺したりしようとするのであったが、もう夜も更けかかっていた。

「どうしても承諾してくれないのか」と順一は屹となってたずねた。

「ええ、やっぱし広島は危険だし、一そのこと加計町の方へ……」と、康子は同じことを繰返した。突然、順一は長火鉢の側にあったネーブルの皮を摑むと、向うの壁へピシャリと擲げつけた。狂暴な空気がさっと漲った。「まあ、まあ、もう一ぺん明日までよく考えてみて下さい」と嫂はとりなすように言葉を挿んだが、結局、康子はその夜のうちに承諾してしまったのであった。……暫く康子は眼もとがくらくらするような状態で家のうちをあてもなく歩き廻っていたが、何時の間にか階段を昇ると二階の正三の部屋に来ていた。そこには朝っぱらからひとり引籠って靴下の修繕をしている正三の姿があった。順一のことを一気に喋り了ると、はじめて泪があふれ流れた。そして、いくらか気持が落着くようであった。正三は憂わしげにただ黙々としていた。

点呼が了ってからの正三は、自分でもどうにもならぬ虚無感に陥りがちであった。その頃、用事もあまりなかったし、事務室へも滅多に姿を現さなくなっていた。たまに出て来れば、新聞を読むためであった。ドイツは既に無条件降伏をしていたが、今この国では本土決戦が叫ばれ、築城などという言葉が見えはじめていた。正三は社説の裏に何か真相のにおいを嗅ぎとろうとした。しかし、どうかすると、二日も三日も新聞が読めないことがあった。これまで順一の卓上に置かれていた筈のものが、どういうものか何処かに匿されていた。

絶えず何かに追いつめられてゆくような気持でいながら、だらけてゆくものをどうにも出来ず、正三は自らを持てあますように、ぶらぶらと広い家のうちを歩き廻ることが多かった。……昼時になると、女生徒が台所の方へお茶を取りに来る。すると、黒板の塀一重を隔てて、工場の露次の方でいま作業から解放された学徒たちの賑やかな声がきこえる。正三がこちらの食堂の縁側に腰を下ろし、すぐ足もとの小さな池に憂鬱な目ざしを落していると、工場の方では学徒たちの体操が始り、一、二、一、二と級長の晴れやかな号令がきこえる。そのやさしい弾みをもった少女の声だけが、奇妙に正三の心を慰めてくれるようであった。……三時頃になると、彼はふと思いついたように、二階の自分の部屋に帰り、靴下の修繕をした。すると、庭を隔てて、向うの事務室の二階では、せっせと立働いている女工たちの姿が見え、モーターミシンの廻転する音響もここまできこえて来る。正三は針のめどに指さきを惑わしながら、「これを穿いて逃げる時」とそんな念想が閃めくのであった。

……それから日没の街を憮然と歩いている彼の姿がよく見かけられた。街はつぎつぎに建ものが取払われてゆくので、思いがけぬところに広場がのぞき、粗末な土の壕が蹲っていた。

滅多に電車も通らないだだ広い路を曲ると、川に添った堤に出て、崩された土塀のほとりに、無花果の葉が重苦しく茂っている。薄暗くなったまま容易に夜に溶け込まない空間は、どろんとした湿気が溢れて、正三はまるで見知らぬ土地を歩いているような気持がするのであった。……だが、彼の足はその堤を通りすぎると、京橋の袂へ出、それから更に川に添った堤を歩いてゆく。清二の家の門口まで来かかると、路傍で遊んでいた姪がまず声をかけ、つづいて一年生の甥がすばやく飛びついてくる。甥はぐいぐい彼の手を引張り、固い小さな爪で、正三の手首を抓るのであった。

その頃、正三は持逃げ用の雑嚢を欲しいとおもいだした。警報の度毎に彼は風呂敷包を持歩いていたが、兄たちは立派なリュックを持っていたし、康子は肩からさげるカバンを拵えていた。布地さえあればいつでも縫ってあげると康子は請合った。そこで、正三は順一に話を持ちかけると、「カバンにする布地?」と順一は呟いて、そんなものがあるのか無いのか曖昧な顔つきであった。そのうちには出してくれるのかと待っていたが一向はっきりしないので、正三はまた順一に催促してみた。すると、順一は意地悪そうに笑いながら、「そんなものは要らないよ。担いで逃げたいのだったら、そこに吊してあるリュックのうち、どれでもいいから持って逃げてくれ」と云うのであった。そのカバンは重要書類とほんの身につける品だけを容れるためなのだと、正三がいくら説明しても、順一はとりあってくれなかった。

……「ふーん」と正三は大きな溜息をついた。彼には順一の心理がどうも把めないのであった。「拗ねてやるといいのよ。わたしなんか泣いたりして困らしてやる」と、康子は順一の操縦法を説明してくれた。鏡台の件にしても、その後けろりとして順一は疎開させてくれたのであった。だが、正三にはじわじわした駈引はできなかった。……彼は清二の家へ行ってカバンのことを話した。すると清二は恰度いい布地を取出し、「これ位あったら作れるだろう。米一斗というところだが、何かよこすか」というのであった。布地を手に入れると正三は康子にカバンの製作を頼んだ。すると、妹は、「逃げることばかり考えてどうするの」と、これもまた意地のわるいことを云うのであった。

四月三十日に爆撃があったきり、その後ここの街はまだ空襲を受けなかった。随って街の疎開にも緩急があり、人心も緊張と弛緩が絶えず交替していた。警報は殆ど連夜出たが、それは機雷投下ときまっていたので、森製作所でも監視当番制を廃止してしまった。だが、本土決戦の気配は次第にもう濃厚になっていた。

「畑(はた)元帥が広島に来ているぞ」と、ある日、清二は事務室で正三に云った。「東練兵場に築城本部がある。広島が最後の牙城になるらしいぞ」そういうことを語る清二は――多少の懐疑も持ちながら――正三にくらべると、決戦の心組に気負っている風にもみえた。……「畑元帥がのう」と、上田も間のびした口調で云った。

「ありゃあ、二葉の里で、毎日二つずつ大きな饅頭を食べてんだそうな」……夕刻、事務室のラジオは京浜地区にB29五百機来襲を報じていた。顰面して聴いていた三津井老人は、

「へーえ、五百機！……」

と思わず驚嘆の声をあげた。すると、皆はくすくす笑い出すのであった。

……ある日、東警察署の二階では、市内の工場主を集めて何か訓示が行われていた。代理で出掛けて来た正三は、こういう席にははじめてであったが、興もなさげにひとり勝手なことを考えていた。が、そのうちにふと気がつくと、弁士が入替って、いま体軀堂々たる巡査が喋りだそうとするところであった。正三はその風采にちょっと興味を感じはじめた。体格といい、顔つきといい、いかにも典型的な警察官というところがあった。「ええ、これから防空演習の件について、いささか申上げます」と、その声はまた明朗闊達であった。……おやおや、全国の都市がいま弾雨の下に晒されている時、ここでは演習をやるというのかしら、と正三は怪しみながら耳を傾けた。

「ええ、御承知の通り現在、我が広島市へは東京をはじめ、名古屋、或は大阪、神戸方面から、つまり各方面の罹災者が続々と相次いで流込んでおります。それらの罹災者が我が市民諸君に語るところは何であるかと申しますと、『いやはや、空襲は怕かった怕かった。何ん

でもかんでも速く逃げ出すに限る』と、ほざくのであります。しかし、畢竟するに彼等は防空上の惨敗者であり、憐むべき愚民であります。自ら恃むところ厚き我々は決して彼等の言に耳を傾けてはならないのであります。なるほど戦局は苛烈であり、空襲は激化の一路にあります。だが、いかなる危険といえども、それに対する確乎たる防備さえあれば、いささかも怖るには足りないのであります」

そう云いながら、彼はくるりと黒板の方へ対(む)いて、今度は図示に依って、実際的の説明に入った。……その聊(いささ)かも不安もなさげな、彼の話をきいていると、実際、空襲は簡単明瞭な事柄であり、同時に人の命もまた単純明確な物理的作用の下にあるだけのことのようにおもえた。珍しい男だな、と正三は考えた。だが、このような好漢ロボットなら、いま日本にはいくらでもいるにちがいない。

順一は手ぶらで五日市町の方へ出向くことはなく、いつもリュックサックにこまごました疎開の品を詰込み、夕食後ひとりいそいそと出掛けて行くのであったが、ある時、正三に「万一の場合知っていてくれぬと困るから、これから一緒に行こう」と誘った。小さな荷物持たされて、正三は順一と一緒に電車の停車場へ赴いた。己斐(こい)行はなかなかやって来ず、正三は広々とした道路のはてに目をやっていた。が、そのうちに、建物の向うにはっきりと呉娑娑宇山(ごさそうやま)

がうずくまっている姿がうつった。
それは今、夏の夕暮の水蒸気を含んで鮮かに生動していた。その山に連なるほかの山々もいつもは仮睡の淡い姿しか示さないのに、今日はおそろしく精気に満ちていた。底知れない姿の中を雲がゆるゆると流れた。すると、今にも山々は揺れ動き、叫びあおうとするようであった。ふしぎな光景であった。ふと、この街をめぐる、或る大きなものの構図が、このとき正三の眼に描かれて来だした。……清冽な河川をいくつか乗越え、電車が市外に出てからも、正三の眼は窓の外の風景に喰入っていた。その沿線はむかし海水浴客で賑わったので、今も窓から吹込む風がふとなつかしい記憶のにおいを齎らしたりした。が、さきほどから正三をおどろかしている中国山脈の表情はなおも衰えなかった。暮れかかった空に山々はいよいよあざやかな緑を投出し、瀬戸内海の島影もくっきりと浮上った。波が、青い穏かな波が、無限の嵐にあおられて、今にも狂いまわりそうに想えた。

正三の眼には、いつも見馴れている日本地図が浮んだ。広袤（こうぼう）はてしない太平洋のはてに、はじめ日本列島は小さな点々として映る。マリアナ基地を飛立ったB29の編隊が、雲の裏を縫って星のように流れてゆく。日本列島がぐんとこちらに引寄せられる。八丈島の上で二つに岐（わか）れた編隊の一つは、まっすぐ富士山の方に向い、他は、熊野灘に添って紀伊水道の方へ進む。が、その編隊から、いま一機がふわりと離れると、室戸岬を越えて、ぐんぐん土佐湾に向ってゆく。……青い平原の上に泡立ち群がる山脈が見えてくるが、その峰を飛越えると、鏡のように静まった瀬戸内海だ。一機はその鏡面に散布する島々を点検しながら、悠然と広島湾上を舞っている。強すぎる真昼の光線で、中国山脈も湾口に臨む一塊の都市も薄紫の朧である。……が、そのうちに、宇品港の輪郭がはっきりと見え、そこから広島市の全貌が一目に瞰下(みおろ)される。山峡にそって流れている太田川が、この街の入口のところで分岐すると、分岐の数は更に増え、街は三角洲の上に拡っている。街はすぐ背後に低い山々をめぐらし、練兵場の四角形が二つ、大きく白く光っている。だが、近頃その川に区切られた街には、いたるところに、疎開跡の白い空地が出来上っている。これは焼夷弾攻撃に対して鉄壁の陣を布いたというのであろうか。……望遠鏡のおもてに、ふと橋梁が現れる。豆粒ほどの人間の群が今も忙しげに動きまわっている。たしか兵隊にちがいない。兵隊、——それが近頃この街のいたるところを占有しているらしい。練兵場に蟻の如くうごめく影はもとより、ちょっとした建物のほとりにも、それらしい影が点在する。……サイレンは鳴ったのだろうか。荷車がいくつも街中を動いている。街はずれの青田には玩具(おもちゃ)の汽車がのろのろ走っている。……静かな街よ、さようなら。B29一機はくるりと舵を換え悠然と飛去るのであった。

琉球列島の戦が終った頃、隣県の岡山市に大空襲があり、つづいて、六月三十日の深更から七月一日の未明まで、呉市が延焼した。その夜、広島上空を横切る編隊爆音はつぎつぎに市民の耳を脅かしていたが、清二も防空頭巾に眼ばかり光らせながら、森製作所へやって来た。工場にも事務室にも人影はなく、家の玄関のところに、康子と正三と甥の中学生の三人が蹲っているのだった。たったこれだけで、こんな広い場所を防ぐというのだろうか、——清二はすぐにそんなことを考えるのであった。と、表の方で半鐘が鳴り「待避」と叫ぶ声がきこえた。四人はあたふたと庭の壕へ身を潜めた。密雲の空は容易に明けようともせず、爆音はつぎつぎにききとれた。もののかたちがはっきり見えはじめたころ漸く空襲解除となった。

……その平静に返った街を、ひどく興奮しながら、順一は大急ぎで歩いていた。彼は五日市町で一睡もしなかったし、海を隔てて向うにあかあかと燃える火焔を夜どおし眺めたのだった。うかうかしてはいられない。火はもう踵に燃えついて来たのだ、——そう呟きながら、一刻も早く自宅に駈けつけようとした。電車はその朝も容易にやって来ず、乗客はみんな茫とした顔つきであった。順一が事務室に現れたのは、朝の陽も大分高くなっていた頃であったが、ここにも茫とした顔つきの睡そうな人々ばかりと出逢った。

「うかうかしている時ではない。早速、工場は疎開させる」

順一は清二の顔を見ると、すぐにそう宣告した。ミシンの取りはずし、荷馬車の下附を県庁へ申請すること、家財の再整理。――順一にはまた急な用件が山積した。相談相手の清二は、しかし、末節に疑義を挿むばかりで、一向てきぱきしたところがなかった。順一はピシピシと鞭を振いたいおもいに燃立つのだった。

その翌々日、こんどは広島の大空襲だという噂がパッと拡った。上田が夕刻、糧秣廠からの警告を順一に伝えると、順一は妹を急かして夕食を早目にすまし、正三と康子を顧みて云った。

「儂(わし)はこれから出掛けて行くが、あとはよろしく頼む」

「空襲警報が出たら逃げるつもりだが……」正三が念を押すと順一は頷いた。

「駄目らしかったらミシンを井戸へ投込んでおいてくれ」

「蔵の扉を塗りつぶしたら……今のうちにやってしまおうかしら」

ふと、正三は壮烈な気持が湧いて来た。それから土蔵の前に近づいた。かねて赤土は粘ってあったが、その土蔵の扉を塗り潰すことは、父の代には遂に一度もなかったことである。梯子を掛けると、正三はぺたぺたと白壁の扉の隙間に赤土をねじ込んで行った。それが終った頃順一の姿はもうそこには見えなかった。正三は気になるので、清二の家に立寄ってみた。

「今夜が危いそうだが……」正三が云うと、「ええ、それがその秘密なのだけど近所の児島さんもそんなことを夕方役所からきいて帰り……」と、何か一生懸命、袋にものを詰めながら光子はだらだらと弁じだした。

一とおり用意も出来て、階下の六畳、――その頃正三は階下で寝るようになっていた、――の蚊帳にもぐり込んだ時であった。ラジオが土佐沖海面警戒警報を告げた。正三は蚊帳の中で耳を澄ました。高知県、愛媛県が警戒警報になり、つづいてそれは空襲警報に移っていた。正三は蚊帳の外に匐い出すと、ゲートルを捲いた。それから雑嚢と水筒を肩に交錯させると、その上をバンドで締めた。玄関で靴を探し、最後に手袋を嵌めた時、サイレンが警戒警報を放った。彼はとっとと表へ飛び出すと、清二の家の方へ急いだ。暗闇のなかを固い靴底に抵抗するアスファルトがあった。正三はぴんと立ってうまく歩いている己の脚を意識した。清二の家の門は開け放たれていた。玄関の戸をいくら叩いても何の手ごたえもない。既に逃げ去った後らしかった。正三はあたふたと堤の路を突きって栄橋の方へ進んだ。橋の近くまで来た時、サイレンは空襲を唸りだすのであった。

夢中で橋を渡ると、饒津公園裏の土手を廻り、いつの間にか彼は牛田方面へ向う堤まで来ていた。この頃、漸く正三は彼のすぐ周囲をぞろぞろと犇いている人の群に気づいていた。それは老若男女、あらゆる市民の必死のいでたちであった。鍋釜を満載したリヤカーや、老母を載せた乳母車が、雑沓のなかを掻きわけて行く。軍用犬に自転車を牽かせながら、颯爽と鉄兜を被っている男、杖にとり縋り跛をひいている老人。……トラックが来た。馬が通る。薄闇の狭い路上がいま祭日のように賑わっているのだった。……正三は樹蔭の水槽の傍にある材木の上に腰を下ろした。

「この辺なら大丈夫でしょうか」と通りがかりの老婆が訊ねた。

「大丈夫でしょう、川もすぐ前だし、近くに家もないし」そういって彼は水筒の栓を捻った。いま広島の街の空は茫と白んで、それはもういつ火の手があがるかもしれないようにおもえた。街が全焼してしまったら、明日から己はどうなるのだろう、そう思いながらも、正三は目の前の避難民の行方に興味を感じるのであった。

『ヘルマンとドロテア』のはじめに出て来る避難民の光景が浮んだ。だが、それに較べると何とこれは怕しく空白な情景なのだろう。……暫くすると、空襲警報が解除になり、つづいて警戒警報も解かれた。人々はぞろぞろと堤の路を引上げて行く。正三もその路をひとりひきかえして行った。路は来た折よりも更に雑沓していた。何か喚きながら、担架が相次いでやって来る。病人を運ぶ看護人たちであった。

空から撒布されたビラは空襲の切迫を警告していたし、脅えた市民は、その頃、日没と同時にぞろぞろと避難行動を開始した。まだ何の警報もないのに、川の上流や、郊外の広場や、山の麓は、そうした人々で一杯になり、叢では、蚊帳や、夜具や、炊事道具さえ持出された。朝昼なしに混雑する宮島線の電車は、夕刻になると更に殺気立つ。だが、こうした自然の本能をも、すぐにその筋はきびしく取締りだした。ここでは防空要員の疎開を認めないことは、既に前から規定されていたが、今度は防空要員の不在をも監視しようとし、各戸に姓名年齢を記載させた紙を貼り出させた。夜は、橋の袂や辻々に銃剣つきの兵隊や警官が頑張った。彼等は弱い市民を脅迫して、あくまでこの街を死守させようとするのであったが、窮鼠の如く追いつめられた人々は、巧みにまたその裏をくぐった。夜間、正三が逃げて行く途上あたりを注意してみると、どうも不在らしい家の方が多いのであった。

　正三もまたあの七月三日の晩から八月五日の晩――それが最終の逃亡だった――まで、夜間形勢が怪しげになると忽ち逃げ出すのであった。……土佐沖海面警戒警報が出るともう身支度に取掛る。高知県、愛媛県に空襲警報が発せられて、広島県、山口県が警戒警報になるのは十分とかからない。ゲートルは暗闇のなかでもすぐ捲けるが、手拭とか靴篦（くつべら）とかいう細かなもので正三は鳥渡（ちょっと）手間どることがある。が、警戒警報のサイレン迄にはきっと玄関さきで靴をはいている。康子は康子で身支度をととのえ、やはりその頃、玄関さきに来ている。二人はあとさきになり、門口を出てゆくのであった。……ある町角を曲り、十歩ばかり行くと正三はもう鳴りだすぞとおもう。はたして、空襲警報のものものしいサイレンが八方の闇から喚きあう。おお、何という、高低さまざまの、いやな唸り声だ。これは傷いた獣の慟哭とでもいうのであろうか。後の歴史家はこれを何と形容するだろうか。——そんな感想や、それから、……それにしても昔、この自分は街にやって来る獅子の笛を遠方からきいただけでも真青になって逃げて行ったが、あの頃の恐怖の純粋さと、この今の恐怖とでは、どうも今では恐怖までが何か鈍重な枠に嵌めこまれている。——そんな念想が正三の頭に浮ぶのも数秒で、彼は息せききらせて、堤に出る石段を昇っている。清二の家の門口に駈けつけると、一家揃って支度を了えていることもあったが、まだ何の身支度もしていないこともあった。正三がここへ現れると前後して康子は康子でそこへ駈けつけて来る。……「ここの紐結んで頂戴」と小さな姪が正三に頭巾を差出す。彼はその紐をかたく結んでやると、くるりと姪を背に背負い、皆より一足さきに門口を出て行く。栄橋を渡ってしまうと、とにかく吻（ほっ）として足どりも少し緩くなる。鉄道の踏切を越え、饒津の堤に出ると、正三は背負っていた姪を叢に下ろす。川の水は仄白く、杉の大木は黒い影を路に投げている。この小さな姪はこの景色を記憶するであろうか。幼い日々が夜毎、夜毎の逃亡にはじまる「ある女の生涯」という小説が、ふと、汗まみれの正三の頭には浮ぶのであった。……暫くすると、清二の一家がやって来る。嫂は赤ん坊を背負い、女中は何か荷を抱えている。康子は小さな甥の手をひいて、とっとと先頭にいる。（彼女はひとりで逃げていると、警防団につかまりひどく叱られたことがあるので、それ以来この甥を借りるようになった）清二と中学生の甥は並んで後からやって来る。それから、その辺の人家のラジオに耳を傾けながら、情勢次第によっては更に川上に溯ってゆくのだ。長い堤をずんずん行くと、人家も疏らになり、田の面や山麓が朧に見えて来る。すると、蛙の啼声が今あたり一めんにきこえて来る。ひっそりとした夜陰のなかを逃げのびてゆく人影はやはり絶えない。いつのまにか夜が明けて、おびただしいガスが帰路一めんに立罩めていることもあった。

時には正三は単独で逃亡することもあった。彼は一カ月前から在郷軍人の訓練に時折、引ぱり出されていたが、はじめ頃二十人あまり集合していた同類も、次第に数を減じ、今では四五名にすぎなかった。「いずれ八月には大召集がかかる」と分会長はいった。はるか宇品の方の空では探照灯が揺れ動いている夕闇の校庭に立たされて、予備少尉の話をきかされている時、正三は気もそぞろであった。訓練が了えて、家へ戻ったかとおもうと、サイレンが鳴りだすのだった。だが、つづいて空襲警報が鳴りだす頃には、正三はぴちんと身支度を了えている。あわただしい訓練のつづきのように、彼は闇の往来へ飛出すのだ。それから、かっかと鳴る靴音をききながら、彼は帰宅を急いでいる者のような風を粧う。橋の関所を無事に通越すと、やがて饒津裏の堤へ来る。ここではじめて、正三は立留り、叢に腰を下ろすのであった。すぐ川下の方には鉄橋があり、水の退いた川には白い砂洲が朧に浮上っている。それは少年の頃からよく散歩して見憶えている景色だが、正三には、頭上にかぶさる星空が、ふと野戦のありさまを想像さすのだった。『戦争と平和』に出て来る、ある人物の眼に映じる美しい大自然のながめ、静まりかえった心境、——そういったものが、この己の死際にも、はたして訪れて来るだろうか。すると、ふと正三の蹲っている叢のすぐ上の杉の梢の方で、何か微妙な啼声がした。おや、ほととぎすだな、そうおもいながら正三は何となく不思議な気持がした。この戦争が本土決戦に移り、もしも広島が最後の牙城となるとしたら、その時、己は決然と命を捨てて戦うことができるであろうか。……だが、この街が最後の楯になるなぞ、なんという狂気以上の妄想だろう。仮りにこれを叙事詩にするとしたら、最も矮小で陰惨かぎりないものになるに相違ない。……だが、正三はやはり頭上に被さる見えないものの羽挙(はばたき)を、すぐ身近にきくようなおもいがするのであった。

警報が解除になり、清二の家までみんな引返しても、正三はこの玄関で暫くラジオをきいていることがあった。どうかすると、また逃げださなければならぬので、甥も姪もまだ靴のままでいる。だが、大人達がラジオに気をとられているうち、さきほどまで声のしていた甥が、いつのまにか玄関の石の上に手足を投出し、大鼾で睡っていることがあった。この起伏常なき生活に馴れてしまったらしい子供は、まるで兵士のような鼾をかいている。(この姿を正三は何気なく眺めたのであったが、それがやがて、兵士のような死に方をするとはおもえなかった。まだ一年生の甥は集団疎開へも参加出来ず、時たま国民学校へ通っていた。八月六日も恰度、学校へ行く日で、その朝、西練兵場の近くで、この子供はあえなき最後を遂げたのだった）

……暫く待っていても別状ないことがわかると、康子がさきに帰って行き、つづいて正三も清二の門口を出て行く。だが、本家に戻って来ると、二枚重ねて着ている服は汗でビッショリしているし、シャツも靴下も一刻も早く脱捨ててしまいたい。風呂場で水を浴び、台所の椅子に腰を下ろすと、はじめて正三は人心地にかえるようであった。――今夜の巻も終った。だが、明晩は。――その明晩も、かならず土佐沖海面から始る。すると、ゲートルだ、雑嚢だ、靴だ、すべての用意が闇のなかから飛びついて来るし、逃亡の路は正確に横わっていた。……（このことを後になって回想すると、正三はその頃比較的健康でもあったが、よくもあんなに敏捷に振舞えたものだと思えるのであった。人は生涯に於いてかならず意外な時期を持つものであろうか）

森製作所の工場疎開はのろのろと行われていた。ミシンの取はずしは出来ていても、馬車の割当が廻って来るのが容易でなかった。馬車がやって来た朝は、みんな運搬に急がしく、順一はとくに活気づいた。ある時、座敷に敷かれていた畳がそっくり、この馬車で運ばれて行った。畳の剝がれた座敷は、坐板だけで広々とし、ソファが一脚ぽつんと置かれていた。こうなると、いよいよこの家も最後が近いような気がしたが、正三は縁側に佇んで、よく庭の隅の白い花を眺めた。それは梅雨頃から咲きはじめて、一つが朽ちかかる頃には一つが咲き、今も六瓣の、ひっそりした姿を湛えているのだった。次兄にその名称を訊くと、梔子だといった。そういえば子供の頃から見なれた花だが、ひっそりとした姿が今はたまらなく懐しかった。……

「コレマデナンド　クウシュウケイホウニアッタカシレナイ　イマモ　カイガンノホウガアカアカトモエテイル　ケイホウガデルタビニ　オレハゲンコウヲカカエテ　ゴウニモグリコム　コノゴロオレハ　コウトウスウガクノケンキュウヲシテイルノダ　スウガクハウツクシイ　ニホンノゲイジュツカハ　コレガワカラヌカラダメサ」こんな風な手紙が東京の友人から久し振りに正三の手許に届いた。岩手県の方にいる友からはこの頃、便りがなかった。釜石が艦砲射撃に遇い、あの辺ももう安全ではなさそうであった。

ある朝、正三が事務室にいると、近所の会社に勤めている大谷がやって来た。彼は高子の身内の一人で、順一たちの紛争のごたごた頃から、よくここへ立寄るので、正三にももう珍しい顔ではなかった。細い脛に黒いゲートルを捲き、ひょろひょろの胴と細長い面は、何か危かしい印象をあたえるのだが、それを支えようとする気魄も備わっていた。その大谷は順一のテー

ブルの前につかつかと近よると、

「どうです、広島は。昨夜もまさにやって来るかと思うと、宇部の方へ外れてしまった。敵もよく知っているよ、宇部には重要工場がありますからな。それに較べると、どうも広島なんか兵隊がいるだけで、工業的見地から云わすと殆ど問題ではないからね。きっと大丈夫こには助かると僕はこの頃思いだしたよ」と、大そう上機嫌で弁じるのであった。（この大谷は八月六日の朝、出勤の途上遂に行方不明になったのである）

……だが、広島が助かるかもしれないと思いだした人間は、この大谷ひとりではなかった。一時はあれほど殷賑をきわめた夜の逃亡も、次第に人足が減じて来たのである。そこへもって来て、小型機の来襲が数回あったが、白昼、広島上空をよこぎるその大群は、何らこの街に投弾することがなかったばかりか、たまたま西練兵場の高射砲は中型一機を射落したのであった。「広島は防げるでしょうね」と電車のなかの一市民が将校に対って話しかけると、将校は黙々と肯くのであった。……「あ、面白かった。あんな空中戦たら滅多に見られないのに」と康子は正三に云った。正三は畳のない座敷で、ジイドの『一粒の麦もし死なずば』を読み耽けっているのであった。アフリカの灼熱のなかに展開される、青春と自我の、妖しげな図が、いつまでも彼の頭にこびりついていた。

清二はこの街全体が助かるとも考えなかったが、川端に臨んだ自分の家は焼けないで欲しいといつも祈っていた。三次（みよし）町に疎開した二人の子供が無事でこの家に戻って来て、みんなでまた河遊びができる日を夢みるのであった。だが、そういう日が何時やってくるのか、つきつめて考えれば茫としてわからないのだった。

「小さい子供だけでも、どこかへ疎開させたら……」康子は夜毎の逃亡以来、頻りに気を揉むようになっていた。「早く何とかして下さい」と妻の光子もその頃になると疎開を口にするのであったが、「おまえ行ってきめて来い」と、清二は頗る不機嫌であった。女房、子供を疎開させて、この自分は——順一のように何もかもうまく行くではなし——この家でどうして暮してゆけるのか、まるで見当がつかなかった。何処か田舎へ家を借りて家財だけでも運んでおきたい、そんな相談なら前から妻としていた。だが、田舎の何処にそんな家がみつかるのか、清二にはまるであてがなかった。この頃になると、清二は長兄の行動をかれこれ、あてこすらないかわりに、じっと怨めしげに、ひとり考えこむのであった。

順一もしかし清二の一家を見捨ててはおけなくなった。結局、順一の肝煎で、田舎へ一軒、家を借りることが出来た。が、荷を運ぶ馬車はすぐには傭えなかった。田舎へ家が見つかったとなると、清二は吻として、荷造に忙殺されていた。すると、三次の方の集団疎開地の先生から、父兄の面会日を通知して来た。三次の方へ訪ねて行くとなれば、冬物一切を持って行ってやりたいし、疎開の荷造やら、学童へ持って行ってやる品の準備で、家のうちはまたごったかえした。それに清二は妙な癖があって、学童へ持って行ってやる品々には、きちんと毛筆で名前を記入しておいてやらぬと気が済まないのだった。

あれをかたづけたり、これをとりちらかしたりした挙句、夕方になると清二はふいと気をかえて、釣竿を持って、すぐ前の川原に出た。この頃あまり釣れないのであるが、糸を垂れていると、一番気が落着くようであった。……ふと、トットトットという川のどよめきに清二はびっくりしたように眼をみひらいた。何か川をみつめながら、さきほどから夢をみていたような気持がする。それも昔読んだ旧約聖書の天変地異の光景をうつらうつらたどっていたようである。すると、崖の上の家の方から、「お父さん、お父さん」と大声で光子の呼ぶ姿が見えた。清二が釣竿をかかえて石段を昇って行くと、妻はだしぬけに、「疎開よ」と云った。

「それがどうした」と清二は何のことかわからないので問いかえした。

「さっき大川がやって来て、そう云ったのですよ、三日以内に立退かねばすぐにこの家とり壊されてしまいます」

「ふーん」と清二は呻いたが、「それで、おまえは承諾したのか」

「だからそう云っているのじゃありませんか。何とかしなきゃ大変ですよ。この前、大川に逢った時にはお宅はこの計画の区域に這入りませんと、ちゃんと図面みせながら説明してくれた癖に、こんどは藪から棒に、二〇メートルごとの規定ですと来るのです」

「満洲ゴロに一杯喰わされたか」

「口惜しいではありませんか。何とかしなきゃ大変ですよ」と、光子は苛々しだす。

「おまえ行ってきめてこい」そう清二は嘯いたが、ぐずぐずしている場合でもなかった。「本家へ行こう」と、二人はそれから間もなく順一の家を訪れた。しかし、順一はその晩も既に五日市町の方へ出かけたあとであった。市外電話で順一を呼出そうとすると、どうしたものか、その夜は一向、電話が通じない。光子は康子をとらえて、また大川のやり口をだらだらと罵りだす。それをきいていると、清二は三日後にとり壊される家の姿が胸につまり、今はもう絶体絶命の気持だった。

「どうか神様、三日以内にこの広島が大空襲をうけますように」

若い頃クリスチャンであった清二は、ふと口をひらくとこんな祈をささげたのであった。

その翌朝、清二の妻は事務室に順一を訪れて、疎開のことをだらだらと訴え、建物疎開のことは市会議員の田崎が本家本元らしいのだから、田崎の方へ何とか頼んでもらいたいというのであった。

フン、フンと順一は聴いていたが、やがて、五日市へ電話をかけると、高子にすぐ帰ってこいと命じた。それから、清二を顧みて、「何て有様だ。お宅は建物疎開ですといわれて、ハイそうですか、と、なすがままにされているのか。空襲で焼かれた分なら、保険がもらえるが、疎開でとりはらわれた家は、保険金だってつかないじゃないか」と、苦情云うのであった。

　そのうち暫くすると、高子がやって来た。高子はことのなりゆきを一とおり聴いてから、

「じゃあ、ちょっと田崎さんのところへ行って来ましょう」と、気軽に出かけて行った。一時間もたたぬうちに、高子は晴れ晴れした顔で戻って来た。

「あの辺の建物疎開はあれで打切ることにさせると、田崎さんは約束してくれました」

　こうして、清二の家の難題もすらすら解決した。と、その時、恰度、警戒警報が解除になった。

「さあ、また警報が出るとうるさいから今のうちに帰りましょう」と高子は急いで外に出て行くのであった。

　暫くすると、土蔵脇の鶏小屋で、二羽の雛がてんでに時を告げだした。その調子はまだ整っていないので、時に順一たちを興がらせるのであったが、今は誰も鶏の啼声に耳を傾けているものもなかった。暑い陽光（ひざし）が、百日紅の上の、静かな空に漲っていた。……原子爆弾がこの街を訪れるまでには、まだ四十時間あまりあった。


（『近代文学』一九四九年一月号）

# 夏の花

わが愛する者よ請う急ぎはしれ
香わしき山々の上にありて獐の
ごとく小鹿のごとくあれ

私は街に出て花を買うと、妻の墓を訪れようと思った。ポケットには仏壇からとり出した線香が一束あった。八月十五日は妻にとって初盆にあたるのだが、それまでこのふるさとの街が無事かどうかは疑わしかった。恰度、休電日ではあったが、朝から花をもって街を歩いている男は、私のほかに見あたらなかった。その花は何という名称なのか知らないが、黄色の小瓣の可憐な野趣を帯び、いかにも夏の花らしかった。

炎天に曝されている墓石に水を打ち、その花を二つに分けて左右の花たてに差すと、墓のおもてが何となく清々しくなったようで、私はしばらく花と石に視入った。この墓の下には妻ばかりか、父母の骨も納っているのだった。持って来た線香にマッチをつけ、黙礼を済ますと私はかたわらの井戸で水を呑んだ。それから、饒津公園の方を廻って家に戻ったのであるが、その日も、その翌日も、私のポケットは線香の匂いがしみこんでいた。原子爆弾に襲われたのは、その翌々日のことであった。

私は厠にいたため一命を拾った。八月六日の朝、私は八時頃床を離れた。前の晩二回も空襲警報が出、何事もなかったので、夜明前には服を全部脱いで、久し振りに寝間着に着替えて睡った。それで、起き出した時もパンツ一つであった。妹はこの姿をみると、朝寝したことをぶつぶつ難じていたが、私は黙って便所へ這入った。

それから何秒後のことかはっきりしないが、突然、私の頭上に一撃が加えられ、眼の前に暗闇がすべり墜ちた。私は思わずうわあと喚き、頭に手をやって立上った。嵐のようなものの墜落する音のほかは真暗でなにもわからない。手探りで扉を開けると、縁側があった。その時まで、私はうわあという自分の声を、ざあーというもの音の中にはっきり耳にきき、眼が見えないので悶えていた。しかし、縁側に出ると、間もなく薄らあかりの中に破壊された家屋が浮び出し、気持もはっきりして来た。

それはひどく厭な夢のなかの出来事に似ていた。最初、私の頭に一撃が加えられ眼が見えなくなった時、私は自分が斃れてはいないことを知った。それから、ひどく面倒なことになったと思い腹立たしかった。そして、うわあと叫んでいる自分の声が何だか別人の声のように耳にきこえた。しかし、あたりの様子が朧(おぼろ)がら目に見えだして来ると、今度は惨劇の舞台の中に立っているような気持であった。たしか、こういう光景は映画などで見たことがある。濛々と煙る砂塵のむこうに青い空間が見え、つづいてその空間の数が増えた。壁の脱落した処や、思いがけない方向から明りが射して来る。畳の飛散った坐板の上をそろそろ歩いて行くと、向うから凄さまじい勢で妹が駈けつけて来た。

「やられなかった、やられなかったの、大丈夫」と妹は叫び、「眼から血が出ている、早く洗いなさい」と台所の流しに水道が出ていることを教えてくれた。

私は自分が全裸体でいることを気付いたので、「とにかく着るものはないか」と妹を顧ると、妹は壊れ残った押入からうまくパンツを取出してくれた。そこへ誰か奇妙な身振りで闖入して来たものがあった。顔を血だらけにし、シャツ一枚の男は工場の人であったが、私の姿を見ると、「あなたは無事でよかったですな」と云い捨て、「電話、電話、電話をかけなきゃ」と呟きながら忙しそうに何処かへ立去った。

到るところに隙間が出来、建具も畳も散乱した家は、柱と閾ばかりがはっきりと現れ、しばし奇異な沈黙をつづけていた。これがこの家の最後の姿らしかった。後で知ったところに依ると、この地域では大概の家がぺしゃんこに倒壊したらしいのに、この家は二階も墜ちず床もしっかりしていた。余程しっかりした普請(ふしん)だったのだろう。四十年前、神経質な父が建てさせたものであった。

私は錯乱した畳や襖の上を踏越えて、身につけるものを探した。上着はすぐに見附かったがずぼんを求めてあちこちしていると、滅茶苦茶に散らかった品物の位置と姿が、ふと忙しい眼に留るのであった。昨夜まで読みかかりの本が頁をまくれて落ちている。長押から墜落した額が殺気を帯びて小床を塞いでいる。ふと、何処からともなく、水筒が見つかり、つづいて帽子が出て来た。ずぼんは見あたらないので、今度は足に穿くものを探していた。

その時、座敷の縁側に事務室のKが現れた。Kは私の姿を認めると、

「ああ、やられた、助けてえ」と悲痛な声で呼びかけ、そこへ、ぺったり坐り込んでしまった。額に少し血が噴出ており、眼は涙ぐんでいた。

「何処をやられたのです」と訊ねると、「膝じゃ」とそこを押えながら皺の多い蒼顔を歪める。

私は側にあった布切れを彼に与えておき、靴下を二枚重ねて足に穿いた。

「あ、煙が出だした、逃げよう、連れて逃げてくれ」とKは頻りに私を急かし出す。この私

よりかなり年上の、しかし平素ははるかに元気なKも、どういうものか少し顚動気味であった。
縁側から見渡せば、一めんに崩れ落ちた家屋の塊があり、やや彼方の鉄筋コンクリートの建物が残っているほか、目標になるものも無い。庭の土塀のくつがえった脇に、大きな楓の幹が中途からポックリ折られて、梢を手洗鉢の上に投出している。ふと、Kは防空壕のところへ屈み、

「ここで、頑張ろうか、水槽もあるし」と変なことを云う。

「いや、川へ行きましょう」と私が云うと、Kは不審そうに、

「川？　川はどちらへ行ったら出られるのだったかしら」と嘯く。

とにかく、逃げるにしてもまだ準備が整わなかった。私は押入から寝間着をとり出し彼に手渡し、更に縁側の暗幕を引裂いた。座蒲団も拾った。縁側の畳をはねくり返してみると、持逃げ用の雑嚢が出て来た。私は吻（ほっ）としてそのカバンを肩にかけた。隣の製薬会社の倉庫から赤い小さな焔の姿が見えだした。いよいよ逃げだす時機であった。私は最後に、ポックリ折れ曲った楓の側を踏越えて出て行った。

その大きな楓は昔から庭の隅にあって、私の少年時代、夢想の対象となっていた樹木である。それが、この春久し振りに郷里の家に帰って暮すようになってからは、どうも、もう昔のような潤いのある姿が、この樹木からさえ汲みとれないのを、つくづく私は奇異に思って

いた。不思議なのは、この郷里全体が、やわらかい自然の調子を喪って、何か残酷な無機物の集合のように感じられることであった。私は庭に面した座敷に這入って行くたびに、「アッシャ家の崩壊」という言葉がひとりでに浮んでいた。

Kと私とは崩壊した家屋の上を乗越え、障害物を除けながら、はじめはそろそろと進んで行く。そのうちに、足許が平坦な地面に達し、道路に出ていることがわかる。すると今度は急ぎ足でとっとと道の中ほどを歩く。ぺしゃんこになった建物の蔭からふと、「おじさん」と喚く声がする。振返ると、顔を血だらけにした女が泣きながらこちらへ歩いて来る。「助けてえ」と彼女は脅えきった相で一生懸命ついて来る。暫く行くと、路上に立はだかって、「家が焼ける、家が焼ける」と子供のように泣喚いている老女と出逢った。煙は崩れた家屋のあちこちから立昇っていたが、急に焔の息が烈しく吹きまくっているところへ来る。走って、そこを過ぎると、道はまた平坦となり、そして栄橋の袂に私達は来ていた。ここには避難者がぞくぞく蝟集（いしゅう）していた。

「元気な人はバケツで火を消せ」と誰かが橋の上に頑張っている。私は泉邸（せんてい）の藪の方へ道をとり、そして、ここでKとははぐれてしまった。

その竹藪は薙ぎ倒され、逃げて行く人の勢で、径が自然と拓かれていた。見上げる樹木もおおかた中空で削ぎとられており、川に添った、この由緒ある名園も、今は傷だらけの姿であった。ふと、灌木の側にだらりと豊かな肢体を投出して蹲っている中年の婦人の顔があった。魂の抜けはてたその顔は、見ているうちに何か感染しそうになるのであった。こんな顔に出喰わしたのは、これがはじめてであった。が、それよりもっと奇怪な顔に、その後私はかぎりなく出喰わさねばならなかった。

川岸に出る藪のところで、私は学徒の一塊と出逢った。工場から逃げ出した彼女達は一ように軽い負傷をしていたが、いま眼の前に出現した出来事の新鮮さに戦き(おのの)ながら、却って元気そうに喋り合っていた。そこへ長兄の姿が現れた。シャツ一枚で、片手にビール瓶を持ち、まず異状なさそうであった。向岸も見渡すかぎり建物は崩れ、電柱の残っているほか、もう火の手が廻っていた。私は狭い川岸の径へ腰を下ろすと、しかし、もう大丈夫だという気持がした。長い間脅かされていたものが、遂に来たるべきものが、来たのだった。さばさばした気持で、私は自分が生きながらえていることを顧みた。かねて、二つに一つは助からないかもしれないと思っていたのだが、今、ふと己が生きていることと、その意味が、はっと私を弾いた。

このことを書きのこさねばならない、と、私は心に呟いた。けれども、その時はまだ、私はこの空襲の真相を殆ど知ってはいなかったのである。

対岸の火事が勢を増して来た。こちら側まで火照りが反射して来るので、満潮の川水に座蒲団を浸しては頭にかむる。そのうち、誰かが「空襲」と叫ぶ。「白いものを着たものは木蔭へ隠れよ」という声に、皆はぞろぞろ藪の奥へ匐って行く。陽は燦々と降り灑(そそ)ぎ藪の向うも、どうやら火が燃えている様子だ。暫く息を殺していたが、何事もなさそうなので、また川の方へ出て来ると、向岸の火事は更に衰えていない。熱風が頭上を走り、黒煙が川の中ほどまで煽られて来る。その時、急に頭上の空が暗黒と化したかと思うと、沛然として大粒の雨が落ちて来た。雨はあたりの火照りを稍々(やや)鎮めてくれたが、暫くすると、またからりと晴れた天気にもどった。対岸の火事はまだつづいていた。今、こちらの岸には長兄と妹とそれから近所の見知った顔が二つ三つ見受けられたが、みんなは寄り集って、てんでに今朝の出来事を語り合うのであった。

あの時、兄は事務室のテーブルにいたが、庭さきに閃光が走ると間もなく、一間あまり跳ね飛ばされ、家屋の下敷になって暫く藻掻いた。やがて隙間があるのに気づき、そこから這い出すと、工場の方では、学徒が救いを求めて喚叫している——兄はそれを救い出すのに大奮闘した。妹は玄関のところで光線を見、大急ぎで階段の下に身を潜めたため、あまり負傷を受けなかった。みんな、はじめ自分の家だけ爆撃されたものと思い込んで、外に出てみると、何処も一様にやられているのに啞然とした。それに、地上の家屋は崩壊していながら、爆弾らしい穴があいていないのも不思議であった。あれは、警戒警報が解除になって間もなくのことであった。ピカッと光ったものがあり、マグネシュームを燃すようなシューッという軽い音とともに一瞬さっと足もとが回転し、……それはまるで魔術のようであった、と妹は戦きながら語るのであった。

向岸の火が鎮まりかけると、こちらの庭園の木立が燃えだしたという声がする。かすかな煙が後の藪の高い空に見えそめていた。川の水は満潮の儘まだ退こうとしない。私は石崖を伝って、水際のところへ降りて行ってみた。すると、すぐ足許のところを、白木の大きな函が流れており、函から喰み出た玉葱があたりに漾っていた。私は函を引寄せ、中から玉葱を摑み出しては、岸の方へ手渡した。これは上流の鉄橋で貨車が顛覆し、そこからこの函は放り出されて漾って来たものであった。私が玉葱を拾っていると、「助けてえ」という声がきこえた。木片に取縋りながら少女が一人、川の中ほどを浮き沈みして流されて来る。私は大きな材木を選ぶとそれを押すようにして泳いで行った。久しく泳いだこともない私ではあったが、思ったより簡単に相手を救い出すことが出来た。

暫く鎮まっていた向岸の火が、何時の間にかまた狂い出した。今度は赤い火の中にどす黒い煙が見え、その黒い塊が猛然と拡って行き、見る見るうちに焔の熱度が増すようであった。が、その無気味な火もやがて燃え尽すだけ燃えると、空虚な残骸の姿となっていた。その時である、私は川下の方の空に、恰度川の中ほどにあたって、物凄い透明な空気の層が揺れながら移動して来るのに気づいた。竜巻だ、と思ううちにも、烈しい風は既に頭上をよぎろうとしていた。まわりの草木がことごとく慄え、と見ると、その儘引抜かれて空に攫われて行く数多の樹木があった。空を舞い狂う樹木は矢のような勢で、混濁の中に墜ちて行く。私はこの時、あたりの空気がどんな色彩であったか、はっきり覚えてはいない。が、恐らく、ひどく陰惨な、地獄絵巻の緑の微光につつまれていたのではないかとおもえるのである。

この竜巻が過ぎると、もう夕方に近い空の気配が感じられていたが、今迄姿を見せなかった二番目の兄が、ふとこちらにやって来たのであった。顔にさっと薄墨色の跡があり、脊のシャツも引裂かれている。その海水浴で日焦(ひやけ)した位の皮膚の跡が、後には化膿を伴う火傷となり、数カ月も治療を要したのだが、この時はまだこの兄もなかなか元気であった。彼は自宅へ用事で帰ったとたん、上空に小さな飛行機を認め、つづいて三つの妖しい光を見た。それから地上に一間あまり跳ね飛ばされた彼は、家の下敷になって藻掻いている家内と女中を救い出し、子供二人は女中に托して先に逃げのびさせ、隣家の老人を助けるのに手間どっていたという。

嫂がしきりに別れた子供のことを案じていると、向岸の河原から女中の呼ぶ声がした。手が痛くて、もう子供を抱えきれないから早く来てくれというのであった。

泉邸の杜も少しずつ燃えていた。夜になってこの辺まで燃え移って来るといけないし、明るいうちに向岸の方へ渡りたかった。が、そこいらには渡舟も見あたらなかった。長兄たちは橋を廻って向岸へ行くことにし、私と二番目の兄とはまた渡舟を求めて上流の方へ溯って行った。水に添う狭い石の通路を進んで行くに随って、私はここではじめて、言語に絶する人々の群を見たのである。既に傾いた陽ざしは、あたりの光景を青ざめさせていたが、岸の上にも岸の下にも、そのような人々がいて、水に影を落していた。どのような人々であるか……。男であるのか、女であるのか、殆ど区別もつかない程、顔がくちゃくちゃに腫れ上って、随って眼は糸のように細まり、唇は思いきり爛れ、それに、痛々しい肢体を露出させ、虫の息で彼等は横わっているのであった。私達がその前を通って行くに随ってその奇怪な人々は細い優しい声で呼びかけた。「水を少し飲ませて下さい」とか、「助けて下さい」とか、殆どみんながみんな訴えごとを持っているのだった。

「おじさん」と鋭い哀切な声で私は呼びとめられていた。見ればすぐそこの川の中には、裸体の少年がすっぽり頭まで水に漬って死んでいたが、その屍体と半間も隔たらない石段のところに、二人の女が蹲っていた。その顔は約一倍半も膨脹し、醜く歪み、焦げた乱髪が女であるしるしを残している。これは一目見て、憐愍（れんびん）よりもまず、身の毛のよだつ姿であった。が、その女達は、私の立留ったのを見ると、

「あの樹のところにある蒲団は私のですからここへ持って来て下さいませんか」と哀願するのであった。

見ると、樹のところには、なるほど蒲団らしいものはあった。だが、その上にはやはり瀕死の重傷者が臥していて、既にどうにもならないのであった。

私達は小さな筏を見つけたので、綱を解いて、向岸の方へ漕いで行った。筏が向うの砂原に着いた時、あたりはもう薄暗かったが、ここにも沢山の負傷者が控えているらしかった。水際に蹲っていた一人の兵士が、「お湯をのましてくれ」と頼むので、私は彼を自分の肩に依り掛からしてやりながら、歩いて行った。苦しげに、彼はよろよろと砂の上を進んでいたが、ふと、「死んだ方がましさ」と吐き棄てるように呟いた。私も暗然として肯き、言葉は出なかった。愚劣なものに対する、やりきれない憤りが、この時我々を無言で結びつけているようであった。私は彼を中途に待たしておき、土手の上にある給湯所を石崖の下から見上げた。すると、今湯気の立昇っている台の処で、茶碗を抱えて、黒焦の大頭がゆっくりと、お湯を呑んでいるのであった。その厖大な、奇妙な顔は全体が黒豆の粒々で出来上っているようであった。それに頭髪は耳のあたりで一直線に刈上げられていた。（その後、一直線に頭髪の刈上げられている火傷者を見るにつけ、これは帽子を境に髪が焼きとられているのだということを気付くようになった。）暫くして、茶碗を貰うと、私はさっきの兵隊のところへ持運んで行った。ふと見ると、川の中に、これは一人の重傷兵が膝を屈めて、そこで思いきり川の水を呑み耽っているのであった。

夕闇の中に泉邸の空やすぐ近くの焔があざやかに浮出て来ると、砂原では木片を燃やして夕餉の焚き出しをするものもあった。さっきから私のすぐ側に顔をふわふわに膨らした女が横わっていたが、水をくれという声で、私ははじめて、それが次兄の家の女中であることに気づいた。彼女は赤ん坊を抱えて台所から出かかった時、光線に遭い、顔と胸と手を焼かれた。それから、赤ん坊と長女を連れて兄達より一足さきに逃げたが、橋のところで長女とはぐれ、赤ん坊だけを抱えてこの河原に来ていたのである。最初顔に受けた光線を遮ろうとして覆うた手が、その手が、今も捩ぎとられるほど痛いと訴えている。

潮が満ちて来だしたので、私達はこの河原を立退いて、土手の方へ移って行った。日はとっぷり暮れたが、「水をくれ、水をくれ」と狂いまわる声があちこちできこえ、河原にとり残されている人々の騒ぎはだんだん烈しくなって来るようであった。この土手の上は風があって、睡るには少し冷々していた。すぐ向うは饒津公園であるが、そこも今は闇に鎖され、樹の折れた姿がかすかに見えるだけであった。兄達は土の窪みに横わり、私も別に窪地をみつけて、そこへ這入って行った。すぐ側には傷ついた女学生が三四人横臥していた。

「向うの木立が燃えだしたが逃げた方がいいのではないかしら」と誰かが心配する。窪地を出て向うを見ると、二三町さきの樹に焔がキラキラしていたが、こちらへ燃え移って来そうな気配もなかった。

「火は燃えて来そうですか」と傷ついた少女は脅えながら私に訊く。

「大丈夫だ」と教えてやると、「今、何時頃でしょう、まだ十二時にはなりませんか」とまた訊く。

その時、警戒警報が出た。どこかにまだ壊れなかったサイレンがあるとみえて、かすかにその響がする。街の方はまだ熾んに燃えているらしく、茫とした明りが川下の方に見える。

「ああ、早く朝にならないのかなあ」と女学生は嘆く。

「お母さん、お父さん」とかすかに静かな声で合唱している。

「火はこちらへ燃えて来そうですか」と傷ついた少女がまた私に訊ねる。

河原の方では、誰か余程元気な若者らしいものの、断末魔のうめき声がする。その声は八方に木霊(こだま)し、走り廻っている。「水を、水を、水を下さい、……ああ、……お母さん、……姉さん、……光ちゃん」と声は全身全霊を引裂くように迸り、「ウウ、ウウ」と苦痛に追いまくられる喘ぎが弱々しくそれに絡んでいる。——幼い日、私はこの堤を通って、その河原に魚を獲りに来たことがある。その暑い日の一日の記憶は不思議にはっきりと残っている。砂原にはライオン歯磨の大きな立看板があり、鉄橋の方を時々、汽車が轟と通って行った。夢のように平和な景色があったものだ。

夜が明けると昨夜の声は熄んでいた。あの腸を絞る断末魔の声はまだ耳底に残っているようでもあったが、あたりは白々と朝の風が流れていた。長兄と妹とは家の焼跡の方へ廻り、東練兵場に施療所があるというので、次兄達はそちらへ出掛けた。私もそろそろ、東練兵場の方へ行こうとすると、側にいた兵隊が同行を頼んだ。その大きな兵隊は、余程ひどく傷ついているのだろう、私の肩に凭掛りながら、まるで壊れものを運んでいるように、おずおずと自分の足を進めて行く。それに足許は、破片といわず屍といわずまだ余熱を燻らしていて、恐しく険悪であった。常盤橋まで来ると、兵隊は疲れはて、もう一歩も歩けないから置去りにしてくれという。そこで私は彼と別れ、一人で饒津公園の方へ進んだ。ところどころ崩れたままで焼け残っている家屋もあったが、到る処、光の爪跡が印されているようであった。とある空地に人が集っていた。水道がちょろちょろ出ているのであった。ふとその時、姪が東照宮の避難所で保護されているということを、私は小耳に挿んだ。

急いで、東照宮の境内へ行ってみた。すると、いま、小さな姪は母親と対面しているところであった。昨日、橋のところで女中とはぐれ、それから後は他所の人に従いて逃げて行ったのであるが、彼女は母親の姿を見ると、急に堪えられなくなったように泣きだした。その首が火傷で黒く痛そうであった。

施療所は東照宮の鳥居の下の方に設けられていた。はじめ巡査が一通り原籍年齢などを取調べ、それを記入した紙片を貰うてからも、負傷者達は長い行列を組んだまま炎天の下にまだ一時間位は待たされているのであった。だが、この行列に加われる負傷者ならまだ結構な方かもしれないのだった。今も、「兵隊さん、兵隊さん、助けてよう、兵隊さん」と火のついたように泣喚く声がする。路傍に斃れて反転する火傷の娘であった。かと思うと、警防団の服装をした男が、火傷で膨脹した頭を石の上に横えたまま、まっ黒の口をあけて、「誰か私を助けて下さい、ああ看護婦さん、先生」と弱い声できれぎれに訴えているのである。が、誰も顧みてはくれないのであった。巡査も医者も看護婦も、みな他の都市から応援に来たものばかりで、その数も限られていた。

私は次兄の家の女中に附添って行列に加わっていたが、この女中も、今はだんだんひどく膨れ上って、どうかすると地面に蹲りたがった。漸く順番が来て加療が済むと、私達はこれから憩う場所を作らねばならなかった。境内到る処に重傷者はごろごろしているが、テントも木蔭も見あたらない。そこで、石崖に薄い材木を並べ、それで屋根のかわりとし、その下へ私達は這入り込んだ。この狭苦しい場所で、二十四時間あまり、私達六名は暮したのであった。

すぐ隣にも同じような恰好の場所が設けてあったが、その筵の上にひょこひょこ動いている男が、私の方へ声をかけた。シャツも上衣もなかったし、長ずぼんが片脚分だけ腰のあたりに残されていて、両手、両足、顔をやられていた。この男は、中国ビルの七階で爆弾に遇ったのだそうだが、そんな姿になりはてても、頗る気丈夫なのだろう、口で人に頼み、口で人を使い到頭ここまで落ちのびて来たのである。そこへ今、満身血まみれの、幹部候補生のバンドをした青年が迷い込んで来た。すると、隣の男は屹となって、

「おい、おい、どいてくれ、俺の体はめちゃくちゃになっているのだから、触りでもしたら承知しないぞ、いくらでも場所はあるのに、わざわざこんな狭いところへやって来なくてもいいじゃないか、え、とっとと去ってくれ」と唸るように押っかぶせて云った。血まみれの青年はきょとんとして腰をあげた。

私達の寝転んでいる場所から二米あまりの地点に、葉のあまりない桜の木があったが、その下に女学生が二人ごろりと横わっていた。どちらも、顔を黒焦げにしていて、痩せた背を炎天に晒し、水を求めては呻いている。この近辺へ芋掘作業に来て遭難した女子商業の学徒であった。そこへまた、燻製の顔をした、モンペ姿の婦人がやって来ると、ハンドバッグを下に置きぐったりと膝を伸した。……日は既に暮れかかっていた。ここでまた夜を迎えるのかと思うと私は妙に佗しかった。

夜明前から念仏の声がしきりにしていた。ここでは誰かが、絶えず死んで行くらしかった。

朝の日が高くなった頃、女子商業の生徒も、二人とも息をひきとった。溝にうつ伏せになっている死骸を調べ了えた巡査が、モンペ姿の婦人の方へ近づいて来た。これも姿勢を崩して今はこときれているらしかった。巡査がハンドバッグを披いてみると、通帳や公債が出て来た。旅装のまま、遭難した婦人であることが判った。

昼頃になると、空襲警報が出て、爆音もきこえる。あたりの悲惨醜怪さにも大分馴らされているものの、疲労と空腹はだんだん激しくなって行った。次兄の家の長男と末の息子は、二人とも市内の学校へ行っていたので、まだ、どうなっているかわからないのであった。人はつぎつぎに死んで行き、死骸はそのまま放ってある。救いのない気持で人はそわそわ歩いている。それなのに、練兵場の方では、いま自棄に嚠喨(りゅうりょう)として喇叭が吹奏されていた。

火傷した姪たちはひどく泣喚くし、女中は頻りに水をくれと訴える。いい加減、みんなほとほと弱っているところへ、長兄が戻って来た。彼は昨日は嫂の疎開先である廿日市町の方へ寄り、今日は八幡村の方へ交渉して荷馬車を傭って来たのである。そこでその馬車に乗って私達はここを引上げることになった。

馬車は次兄の一家族と私と妹を乗せて、東照宮下から饒津へ出た。馬車が白島から泉邸入口の方へ来掛った時のことである。西練兵場寄りの空地に、見憶えのある、黄色の、半ずぼんの死体を、次兄はちらりと見つけた。そして彼は馬車を降りて行った。嫂も私もつづいて馬車を離れ、そこへ集った。見憶えのあるずぼんに、まぎれもないバンドを締めている。死体は甥の文彦であった。上着は無く、胸のあたりに拳大の腫れものがあり、そこから液体が流れている。真黒くなった顔に、白い歯が微かに見え、投出した両手の指は固く、内側に握り締め、爪が喰込んでいた。その側に中学生の屍体が一つ、それから又離れたところに、若い女の死体が一つ、いずれも、ある姿勢のまま硬直していた。次兄は文彦の爪を剝ぎ、バンドを形見にとり、名札をつけて、そこを立去った。涙も乾きはてた遭遇であった。

　馬車はそれから国泰寺の方へ出、住吉橋を越して己斐（こい）の方へ出たので、私は殆ど目抜の焼跡を一覧することが出来た。ギラギラと炎天の下に横わっている銀色の虚無のひろがりの中に、路があり、川があり、橋があった。そして、赤むけの膨れ上った屍体がところどころに配置されていた。これは精密巧緻な方法で実現された新地獄に違いなく、ここではすべて人間的なものは抹殺され、たとえば屍体の表情にしたところで、何か模型的な機械的なものに置換えられているのであった。苦悶の一瞬足掻いて硬直したらしい肢体は一種の妖しいリズムを含んでいる。電線の乱れ落ちた線や、おびただしい破片で、虚無の中に痙攣的の図案が感じられる。だが、さっと転覆して焼けてしまったらしい電車や、巨大な胴を投出して転倒している馬を見ると、どうも、超現実派の画の世界ではないかと思えるのである。国泰寺の大きな楠も根こそぎ転覆していたし、墓石も散っていた。外郭だけ残っている浅野図書館は屍体収容所となっていた。路はまだ処々で煙り、死臭に満ちている。川を越すたびに、橋が墜ちていないのを意外に思った。この辺の印象は、どうも片仮名で描きなぐる方が応わしいようだ。それで次に、そんな一節を挿入しておく。

ギラギラノ破片ヤ
灰白色ノ燃エガラガ
ヒロビロトシタ　パノラマノヨウニ
アカクヤケタダレタ　ニンゲンノ死体ノキミョウナリズム
スベテアッタコトカ　アリエタコトナノカ
パット剝ギトッテシマッタ　アトノセカイ
テンプクシタ電車ノワキノ
馬ノ胴ナンカノ　フクラミカタハ
ブスブストケムル電線ノニオイ

倒壊の跡のはてしなくつづく路を馬車は進んで行った。郊外に出ても崩れている家屋が並んでいたが、草津をすぎると漸くあたりも青々として災禍の色から解放されていた。そして青田の上をすいすいと蜻蛉の群が飛んでゆくのが目に沁みた。それから八幡村までの長い単調な道があった。八幡村へ着いたのは、日もとっぷり暮れた頃であった。そして翌日から、その土地での、悲惨な生活が始った。負傷者の恢復もはかどらなかったが、元気だったものも、食糧不足からだんだん衰弱して行った。火傷した女中の腕はひどく化膿し、蝿が群れて、とうとう蛆が湧くようになった。蛆はいくら消毒しても、後から後から湧いた。そして、彼女は一カ月あまりの後、死んで行った。

この村へ移って四五日目に、行方不明であった中学生の甥が帰って来た。彼はあの朝、建もの疎開のため学校へ行ったが恰度、教室にいた時光を見た。瞬間、机の下に身を伏せ、次いで天井が墜ちて埋れたが、隙間を見つけて這い出した。這い出して逃げのびた生徒は四五名にすぎず、他は全部、最初の一撃で駄目になっていた。彼は四五名と一緒に比治山(ひじやま)に逃げ、途中で白い液体を吐いた。それから一緒に逃げた友人の処へ汽車で行き、そこで世話になっていたのだそうだ。しかし、この甥もこちらへ帰って来て、一週間あまりすると、頭髪が抜け出し、二日位ですっかり禿になってしまった。今度の遭難者で、頭髪が抜け鼻血が出だす彼は重態のままだんだん持ちこたえて行くのであった。

甥はとうとう鼻血を出しだした。医者はその夜が既にあぶなかろうと宣告していた。しかし、と大概助からない、という説がその頃大分ひろまっていた。頭髪が抜けてから十二三日目に、

Nは疎開工場の方へはじめて汽車で出掛けて行く途中、恰度汽車がトンネルに入った時、あの衝撃を受けた。トンネルを出て、広島の方を見ると、落下傘が三つ、ゆるく流れてゆくのであった。それから次の駅に汽車が着くと、駅のガラス窓がひどく壊れているのに驚いた。やがて、目的地まで達した時には、既に詳しい情報が伝わっていた。彼はその足ですぐ引返すようにして汽車に乗った。擦れ違う列車はみな奇怪な重傷者を満載していた。彼は街の火災が鎮まるのを待ちかねて、まだ熱いアスファルトの上をずんずん進んで行った。そして一番に妻の勤めている女学校へ行った。教室の焼跡には、生徒の骨があり、校長室の跡には校長らしい白骨があった。が、Nの妻らしいものは遂に見出せなかった。彼は大急ぎで自宅の方へ引返してみた。そこは宇品の近くで家が崩れただけで火災は免れていた。が、そこにも妻の姿は見つからなかった。それから今度は自宅から女学校へ通じる道に斃れている死体を一つ一つ調べてみた。大概の死体が打伏せになっているので、それを抱き起しては首実検するのであったが、どの女もどの女も変りはてた相をしていたが、しかし彼の妻ではなかった。

しまいには方角違いの処まで、ふらふらと見て廻った。水槽の中に折重なって漬っている十あまりの死体もあった。河岸に懸っている梯子に手をかけながら、その儘硬直している三つの死骸があった。バスを待つ行列の死骸は立ったまま、前の人の肩に爪を立てて死んでいた。郡部から家屋疎開の勤労奉仕に動員されて、全滅している群も見た。西練兵場の物凄さといったらなかった。そこは兵隊の死の山であった。しかし、どこにも妻の死骸はなかった。

Nはいたるところの収容所を訪ね廻って、重傷者の顔を覗き込んだ。どの顔も悲惨のきわみではあったが、彼の妻の顔ではなかった。そうして、三日三晩、死体と火傷患者をうんざりするほど見てすごした挙句、Nは最後にまた妻の勤め先である女学校の焼跡を訪れた。

(『三田文学』一九四七年六月号)

# 廃墟から

八幡村へ移った当初、私はまだ元気で、負傷者を車に乗せて病院へ連れて行ったり、配給ものを受取りに出歩いたり、廿日市町の長兄と連絡をとったりしていた。そこは農家の離れを次兄が借りたのだったが、私と妹とは避難先からつい皆と一緒に転がり込んだ形であった。牛小屋の蠅は遠慮なく部屋中に群れて来た。小さな姪の首の火傷に蠅は吸着いたまま動かない。姪は箸を投出して火のついたように泣喚く。蠅を防ぐために昼間でも蚊帳が吊られた。顔と背を火傷している次兄は陰鬱な顔をして蚊帳の中に寝転んでいた。庭を隔てて母屋の方の縁側に、ひどく顔の腫れ上った男の姿――そんな風な顔はもう見倦る程見せられた――が伺われたし、奥の方にはもっと重傷者がいるらしく、床がのべてあった。夕方、その辺から妙な譫言をいう声が聞えて来た。あれはもう死ぬるな、と私は思った。それから間もなく、もう念仏の声がしているのであった。亡くなったのは、そこの家の長女の配偶で、広島で遭難し歩いて此処まで戻って来たのだが、床に就いてから火傷の皮を無意識にひっかくと、忽ち脳症をおこしたのだそうだ。

病院は何時行っても負傷者で立込んでいた。三人掛りで運ばれて来る、全身硝子の破片で引裂かれている中年の婦人、――その婦人の手当には一時間も暇がかかるので、私達は昼すぎまで待たされるのであった。――手押車で運ばれて来る、老人の重傷者、顔と手を火傷している中学生、――彼は東練兵場で遭難したのだそうだ。――など、何時も出喰わす顔があった。小さな姪はガーゼを取替えられる時、狂気のように泣喚く。

「痛い、痛いよ、羊羹をおくれ」

「羊羹をくれとは困るな」と医者は苦笑した。診察室の隣の座敷の方には、そこにも医者の身内の遭難者が担ぎ込まれているとみえて、怪しげな断末魔のうめきを放っていた。負傷者を運ぶ途上でも空襲警報は頻々と出たし、頭上をゆく爆音もしていた。その日も、私のところの順番はなかなかやって来ないので、車を病院の玄関先に放ったまま、私は一まず家へ帰って休もうと思った。台所にいた妹が戻って来た私の姿を見ると、

「さっきから『君が代』がしているのだが、どうしたのかしら」と不思議そうに訊ねるのであった。私ははっとして、母屋の方のラジオの側へつかつかと近づいて行った。放送の声は明確にはききとれなかったが、休戦という言葉はもう疑えなかった。私はじっとしていられない衝動のまま、再び外へ出て、病院の方へ出掛けた。病院の玄関先には次兄がまだ茫然と

待たされていた。私はその姿を見ると、

「惜しかったね、戦争は終ったのに……」と声をかけた。もう少し早く戦争が終ってくれたら――この言葉は、その後みんなで繰返された。彼は末の息子を喪っていたし、ここへ疎開するつもりで準備していた荷物もすっかり焼かれていたのだった。

私は夕方、青田の中の径を横切って、八幡川の堤の方へ降りて行った。浅い流れの小川であったが、水は澄んでいて、岩の上には黒とんぼが翅を休めていた。私はシャツの儘水に浸ると、大きな息をついた。頭をめぐらせば、低い山脈が静かに黄昏の色を吸収しているし、遠くの山の頂は日の光に射られてキラキラと輝いている。これはまるで嘘のような景色であった。もう空襲のおそれもなかったし、今こそ大空は深い静謐を湛えているのだ。ふと、私はあの原子爆弾の一撃からこの地上に新しく墜落して来た人間のような気持がするのであった。それにしても、あの日、饒津（にぎつ）の河原や、泉邸の川岸で死狂っていた人間達は、――この静かな眺めにひきかえて、あの焼跡は一体いまどうなっているのだろう。新聞によれば、七十五年間は市の中央には居住できないと報じているし、人の話ではまだ整理のつかない死骸が一万もあって、夜毎焼跡には人魂が燃えているという。川の魚もあの後二三日して死骸を浮べていたが、それを獲って喰った人間は間もなく死んでしまったという。あの時、元気で私達の側に姿を見せていた人達も、その後敗血症で斃れてゆくし、何かまだ、惨として割りきれない不安が附纏うのであった。

食糧は日々に窮乏していた。ここでは、罹災者に対して何の温かい手も差しのべられなかった。毎日毎日、かすかな粥を啜って暮らさねばならなかったので、私はだんだん精魂が尽きて食後は無性に睡くなった。二階から見渡せば、低い山脈の麓からずっとここまで稲田はつづいている。青く伸びた稲は炎天にそよいでいるのだ。あれは地の糧であろうか、それとも人間を飢えさすためのものであろうか。空も山も青い田も、飢えている者の眼には虚しく映った。

夜は燈火が山の麓から田のあちこちに見えだした。久し振りに見る燈火は優しく、旅先にでもいるような感じがした。食事の後片づけを済ますと、妹はくたくたに疲れて二階へ昇って来る。彼女はまだあの時の悪夢から覚めきらないもののように、こまごまとあの瞬間のことを回想しては、プルプルと身顫をするのであった。あの少し前、彼女は土蔵へ行って荷物を整理しようかと思っていたのだが、もし土蔵に這入っていたら、恐らく助からなかっただろう。私も偶然に助かったのだが、私が遭難した処と垣一重隔てて隣家の二階にいた青年は即死しているのであった。——今も彼女は近所の子供で家屋の下敷になっていた姿をまざまざと思い浮べて戦くのであった。それは妹の子供と同級の子供で、前には集団疎開に加わって田舎に行っていたのだが、そこの生活にどうしても馴染めないので両親の許へ引取られていた。いつも妹はその子供が路上で遊んでいるのを見ると、自分の息子も暫くでいいから呼戻したいと思うのであった。火の手が見えだした時、妹はその子供が材木の下敷になり、首を持上げながら、「おばさん、助けて」と哀願するのを見た。しかし、あの際彼女の力ではどうすることも出来なかったのだ。

こういう話ならいくつも転っていた。長兄もあの時、家屋の下敷から身を匐い出して立上ると、道路を隔てて向うの家の婆さんが下敷になっている顔を認めた。瞬間、それを助けに行こうとは思ったが、工場の方で泣喚く学徒の声を振切るわけにはゆかなかった。

もっと痛ましいのは嫂の身内であった。槇氏の家は大手町の川に臨んだ閑静な栖いで、私もこの春広島へ戻って来ると一度挨拶に行ったことがある。大手町は原子爆弾の中心といってもよかった。台所で救いを求めている夫人の声を聞きながらも、槇氏は身一つで飛び出さねばならなかったのだ。槇氏の長女は避難先で分娩すると、急に変調を来たし、輸血の針跡から化膿して遂に助からなかった。流川町の槇氏も、これは主人は出征中で不在だったが、夫人と子供の行方が分らなかった。

私が広島で暮したのは半年足らずで顔見知も少かったが、嫂や妹などは、近所の誰彼のその後の消息を絶えず何処かから寄せ集めて、一喜一憂していた。

工場では学徒が三名死んでいた。二階がその三人の上に墜落して来たらしく、三人が首を揃えて、写真か何かに見入っている姿勢で、白骨が残されていたという。纔（わず）かの目じるしで、それらの姓名も判明していた。が、T先生の消息は不明であった。先生はその朝まだ工場には姿を現していなかった。しかし、先生の家は細工町のお寺で、自宅にいたにしろ、途上だったにしろ、恐らく助かってはいそうになかった。

その先生の清楚な姿はまだ私の目さきにはっきりと描かれた。用件があって、先生の処へ行くと、彼女はかすかに混乱しているような貌で、乱暴な字を書いて私に渡した。工場の二階で、私は学徒に昼休みの時間英語を教えていたが、次第に警報は頻繁になっていた。爆音がして広島上空に機影を認めるとラジオは報告していながら、空襲警報も発せられないことがあった。「どうしますか」と私は先生に訊ねた。「危険そうでしたらお知らせしますから、それまでは授業していて下さい」と先生は云った。だが、白昼広島上空を旋回中という事態はもう容易ならぬことではあった。ある日、私が授業を了えて、二階から降りて来ると、先生はがらんとした工場の隅にひとり腰掛けていた。その側で何か頻りに啼声がした。ボール箱を覗くと、雛が一杯蠢いていた。「どうしたのです」と訊ねると、「生徒が持って来たのです」と先生は莞爾（にっこり）笑った。

女の子は時々、花など持って来ることがあった。事務室の机にも活けられたし、先生の卓上にも置かれた。工場が退けて生徒達がぞろぞろ表の方へ引上げ、路上に整列すると、T先生はいつも少し離れた処から監督していた。先生の掌には花の包みがあり、身嗜(みだしなみ)のいい、小柄な姿は凛としたものがあった。もし彼女が途中で遭難しているとすれば、あの沢山の重傷者の顔と同じように、想っても、ぞっとするような姿に変り果てたことだろう。

私は学徒や工員の定期券のことで、よく東亜交通公社へ行ったが、この春から建物疎開のため交通公社は既に二度も移転していた。最後の移転した場所もあの惨禍の中心にあった。そこには私の顔を見憶えてしまった色の浅黒い、舌足らずでものを云う、しかし、賢そうな少女がいた。彼女も恐らく助かってはいないであろう。戦傷保険のことで、よく事務室に姿を現していた、七十すぎの老人があった。この老人は廿日市町にいる兄が、その後元気そうな姿を見かけたということであった。

どうかすると、私の耳は何でもない人声に脅かされることがあった。牛小屋の方で、誰かが頓狂な喚きを発している、と、すぐその喚き声があの夜河原で号泣している断末魔の声を聯想させた。腸(はらわた)を絞るような声と、頓狂な冗談の声は、まるで紙一重のところにあるようであった。私は左側の眼の隅に異状な現象の生ずるのを意識するようになった。ここへ移ってから、四五日目のことだが、日盛の路を歩いていると左の眼の隅に羽虫か何か、ふわりと光るものを感じた。光線の反射かと思ったが、日陰を歩いて行っても、時々光るものは目に映じた。それから夕暮になっても、夜になっても、どうかする度に光るものがチラついた。これはあまりおびただしい焔を見た所為であろうか、それとも頭上に一撃を受けたためであろうか。あの朝、私は便所にいたので、皆が見たという光線は見なかったし、いきなり暗黒が滑り墜ち、頭を何かで撲りつけられたのだ。左側の眼蓋の上に出血があったが、殆ど無疵といっていい位、怪我は軽かった。あの時の驚愕がやはり神経に響いているのであろうか、しかし、驚愕とも云えない位、あれはほんの数秒間の出来事であったのだ。

私はひどい下痢に悩まされだした。夕刻から荒れ模様になっていた空が、夜になると、ひどい風雨となった。稲田の上を飛散る風の唸りが、電燈の点かない二階にいてはっきりと聞える。家が吹飛ばされるかもしれないというので、階下にいる次兄達や妹は母屋の方へ避難して行った。私はひとり二階に寝て、風の音をうとうとと聞いた。家が崩れる迄には、雨戸が飛び、瓦が散るだろう、みんなあの異常な体験のため神経過敏になっているようであった。時たま風がぴったり歇むと、蛙の啼声が耳についた。それからまた思いきり、一もみ風は襲撃して来る。私も万一の時のことを寝たまま考えてみた。持って逃げるものといったら、すぐ側にある鞄ぐらいであった。階下の便所に行く度に空を眺めると、真暗な空はなかなか白みそうにない。パリパリと何か裂ける音がした。天井の方からザラザラの砂が墜ちて来た。

翌朝、風はぴったり歇んだが、私の下痢は容易にとまらなかった。腰の方の力が抜け、足もとはよろよろとした。建物疎開に行って遭難したのに、奇蹟的に命拾いをした中学生の甥は、その後毛髪がすっかり抜け落ち次第に元気を失っていた。そして、四肢には小さな斑点が出来だした。私も体を調べてみると、極く僅かだが、斑点があった。念のため、とにかく一度診て貰うため病院を訪れると、庭さきまで患者が溢れていた。尾道から広島へ引上げ、大手町で遭難したという婦人がいた。髪の毛は抜けていなかったが、今朝から血の塊が出るという。妊っているらしく、懶そうな顔に、底知れぬ不安と、死の近づいている兆を湛えているのであった。


舟入川口町にある姉の一家は助かっているという報せが、廿日市の兄から伝わっていた。義兄はこの春から病臥中だし、とても救われまいと皆想像していたのだが、家は崩れてもそこは火災を免れたのだそうだ。息子が赤痢でとても今苦しんでいるから、と妹に応援を求めて来た。妹もあまり元気ではなかったが、とにかく見舞に行くことにして出掛けた。そして、翌日広島から帰って来た妹は、電車の中で意外にも西田と出逢った経緯を私に語った。

西田は二十年来、店に雇われている男だが、あの朝はまだ出勤していなかったので、途中で光線にやられたとすれば、とても駄目だろうと想われていた。妹は電車の中で、顔のくちゃくちゃに腫れ上った黒焦の男を見た。乗客の視線もみんなその方へ注がれていたが、その男は割と平気で車掌に何か訊ねていた。声がどうも西田によく似ていると思って、近寄って行くと、相手も妹の姿を認めて大声で呼びかけた。その日収容所から始めて出て来たところだということであった。……私が西田を見たのは、それから一カ月あまり後のことで、その時はもう顔の火傷も乾いていた。自転車もろとも跳ね飛ばされ、収容所に担ぎ込まれてからも、西田はひどい辛酸を嘗めた。周囲の負傷者は殆ど死んで行くし、西田の耳には蛆が湧いた。「耳の穴の方へ蛆が這入ろうとするので、やりきれませんでした」と彼はくすぐったそうに首を傾けて語った。

九月に入ると、雨ばかり降りつづいた。頭髪が脱け元気を失っていた甥がふと変調をきたした。鼻血が抜け、咽喉からも血の塊をごくごく吐いた。今夜が危なかろうというので、廿日市の兄たちも枕許に集った。つるつる坊主の蒼白の顔に、小さな縞の絹の着物を着せられて、ぐったり横わっている姿は文楽か何かの陰惨な人形のようであった。鼻孔には棉の栓が血に滲んでおり、洗面器は吐きだすもので真赤に染っていた。「がんばれよ」と、次兄は力の籠った低い声で励ました。彼は自分の火傷のまだ癒えていないのも忘れて、夢中で看護するのであった。不安な一夜が明けると、甥はそのまま奇蹟的に持ちこたえて行った。

甥と一緒に逃げて助かっていた級友の親から、その友達は死亡したという通知が来た。兄が廿日市で見かけたという保険会社の元気な老人も、その後歯齦（はぐき）から出血しだし間もなく死んでしまった。その老人が遭難した場所と私のいた地点とは二町と離れてはいなかった。しぶとかった私の下痢は漸く緩和されていたが、体の衰弱してゆくことはどうにもならなかった。頭髪も目に見えて薄くなった。すぐ近くに見える低い山がすっかり白い靄につつまれていて、稲田はざわざわと揺れた。

私は昏々と睡りながら、とりとめもない夢をみていた。夜の燈が雨に濡れた田の面へ洩れているのを見ると頻りに妻の臨終を憶い出すのであった。妻の一周忌も近づいていたが、どうかすると、まだ私はあの棲み慣れた千葉の借家で、彼女と一緒に雨に鎖じこめられて暮しているような気持がするのである。灰燼に帰した広島の家のありさまは、私には殆ど想い出すことがなかった。が、夜明の夢ではよく崩壊直後の家屋が現れた。そこには散乱しながらも、いろんな貴重品があった。書物も紙も机も灰になってしまったのだが、私は内心の昂揚を感じた。何か書いて力一杯ぶつかってみたかった。

ある朝、雨があがると、一点の雲もない青空が低い山の上に展がっていたが、長雨に悩まされ通したものの眼には、その青空はまるで虚偽のように思われた。はたして、快晴は一日しか保たず、翌日からまた陰惨な雨雲が去来した。亡妻の郷里から義兄の死亡通知が速達で十日目に届いた。彼は汽車で広島へ通勤していたのだが、あの時は微傷だに受けず、その後も元気で活躍しているという通知があった矢さき、この死亡通知は、私を茫然とさせた。

何か広島にはまだ有害な物質があるらしく、田舎から元気で出掛けて行った人も帰りにはフラフラになって戻って来るということであった。舟入川口町の姉は、夫と息子の両方の看病にほとほと疲れ、彼女も寝込んでしまったので、再びこちらの妹に応援を求めて来た。その妹が広島へ出掛けた翌日のことであった。ラジオは昼間から颱風を警告していたが、夕暮とともに風が募って来た。風はひどい雨を伴い真暗な夜の怒号と化した。私が二階でうとうと睡っていると、下の方ではけたたましく雨戸をあける音がして、田の方に人声が頻りであった。ザザザと水の軋るような音がする。堤が崩れたのである。そのうちに次兄達は母屋の方へ避難するため、私を呼び起した。まだ足腰の立たない甥を夜具のまま抱えて、暗い廊下を伝って、母屋の方へ運んで行った。そこにはみんな起きていて不安な面持であった。その川の堤が崩れるなど、絶えて久しくなかったことらしい。

「戦争に負けると、こんなことになるのでしょうか」と農家の主婦は嘆息した。風は母屋の表戸を烈しく揺すぶった。太い突かい棒がそこに支えられた。

翌朝、嵐はけろりと去っていた。その颱風の去った方向に稲の穂は悉く靡き、山の端には赤く濁った雲が漾(ただよ)っていた。――鉄道が不通になったとか、広島の橋梁が殆ど流されたとかいうことをきいたのは、それから二三日後のことであった。

私は妻の一周忌も近づいていたので、本郷町の方へ行きたいと思った。広島の寺は焼けてしまったが、妻の郷里には、彼女を最後まで看病(みと)ってくれた母がいるのであった。が、鉄道は不通になったというし、その被害の程度も不明であった。とにかく事情をもっと確かめるために廿日市駅へ行ってみた。駅の壁には共同新聞が貼り出され、それに被害情況が書いてあった。列車は今のところ、大竹・安芸中野間を折返し運転しているらしく、全部の開通見込は不明だが、八本松・安芸中野間の開通見込が十月十日となっているので、これだけでも半月は汽車が通じないことになる。その新聞には県下の水害の数字も掲載してあったが、半月も列車が動かないなどということは破天荒のことであった。

広島までの切符が買えたので、ふと私は広島駅へ行ってみることにした。あの遭難以来、久し振りに訪れるところであった。五日市まではなにごともないが、汽車が己斐駅に入る頃から、窓の外にもう戦禍の跡が少しずつ展望される。山の傾斜に松の木がゴロゴロと薙倒されているのも、あの時の震駭を物語っているようだ。屋根や垣がさっと転覆した勢をその儘とどめ、黒々とつづいているし、コンクリートの空洞や赤錆の鉄筋がところどころ入乱れている。横川駅はわずかに乗り降りのホームを残しているだけであった。そして、汽車は更に激しい壊滅区域に這入って行った。はじめてここを通過する旅客はただただ驚きの目を瞠るのであったが、私にとってはあの日の余燼がまだすぐそこに感じられるのであった。汽車は鉄橋にかかり、常盤橋が見えて来た。焼爛れた岸をめぐって、黒焦の巨木は天を引掻こうとしているし、涯てしもない燃えがらの塊は蜿蜒と起伏している。私はあの日、ここの河原で、言語に絶する人間の苦悩を見せつけられたのだが、だが、今、川の水は静かに澄んで流れているのだ。そして、欄干の吹飛ばされた橋の上を、生きのびた人々が今ぞろぞろと歩いている。饒津公園を過ぎて、東練兵場の焼野が見え、小高いところに東照宮の石の階段が、何かぞっとする悪夢の断片のように閃いて見えた。つぎつぎに死んでゆく夥しい負傷者の中にまじって、私はあの境内で野宿したのだった。あの、まっ黒の記憶は向うに見える石段にまざまざと刻みつけられてあるようだ。

広島駅で下車すると、私は宇品行のバスの行列に加わっていた。宇品から汽船で尾道へ出れば、尾道から汽車で本郷に行けるのだが、汽船があるものかどうかも宇品まで行って確かめてみなければ判らない。このバスは二時間おきに出るのに、これに乗ろうとする人は数町も続いていた。暑い日が頭上に照り、日陰のない広場に人の列は動かなかった。今から宇品まで行って来たのでは、帰りの汽車に間に合わなくなる。そこで私は断念して、行列を離れた。

家の跡を見て来ようと思って、私は猿猴橋（えんこうばし）を渡り、幟町の方へまっすぐに路を進んだ。左右にある廃墟が、何だかまだあの時の逃げのびて行く気持を呼起すのだった。京橋にかかると、何もない焼跡の堤が一目に見渡せ、ものの距離が以前より遥かに短縮されているのであった。そういえば累々たる廃墟の彼方に山脈の姿がはっきり浮び出ているのも、先程から気づいていた。どこまで行っても同じような焼跡ながら、夥しいガラス壜が気味悪く残っている処や、鉄兜ばかりが一ところに吹寄せられている処もあった。

私はぼんやりと家の跡に佇み、あの時逃げて行った方角を考えてみた。庭石や池があざやかに残っていて、焼けた樹木は殆ど何の木であったか見わけもつかない。台所の流場のタイルは壊れないで残っていた。栓は飛散っていたが、頻りにその鉄管から今も水が流れているのだ。あの時、家が崩壊した直後、私はこの水で顔の血を洗ったのだった。いま私が佇んでいる路には、時折人通りもあったが、私は暫くものに憑かれたような気分でいた。それから再び駅の方へ引返して行くと、何処からともなく、宿なし犬が現れて来た。そのものに脅えたような燃える眼は、奇異な表情を湛えていて、前になり後になり迷い乍ら従いてくるのであった。

汽車の時間まで一時間あったが、日陰のない広場にはあかあかと西日が溢れていた。外郭だけ残っている駅の建物は黒く空洞で、今にも崩れそうな印象を与えるのだが、針金を張巡らし、「危険につき入るべからず」と貼紙が掲げてある。切符売場の、テント張りの屋根は石塊(いしくれ)で留めてある。あちこちにボロボロの服装をした男女が蹲っていたが、どの人間のまわりにも蠅がうるさく附纏っていた。蠅は先日の豪雨でかなり減少した筈だが、まだまだ猛威を振っているのであった。が、地べたに両足を投出して、黒いものをパクついている男達はもうすべてのことがらに無頓着になっているらしく、「昨日は五里歩いた」「今夜はどこで野宿するやら」と他人事のように話合っていた。私の眼の前にきょとんとした顔つきの老婆が近づいて来て、

「汽車はまだ出ませんか、切符はどこで切るのですか」と剽軽な調子で訊ねる。私が教えてやる前に、老婆は「あ、そうですか」と礼を云って立去ってしまった。これも調子が狂っているにちがいない。下駄ばきの足をひどく腫らした老人が、連れの老人に対(むか)って何か力なく話しかけていた。

　私はその日、帰りの汽車の中でふと、呉線は明日から試運転をするということを耳にしたので、その翌々日、呉線経由で本郷へ行くつもりで再び廿日市の方へ出掛けた。が、汽車の時間をとりはずしていたので、電車で己斐へ出た。ここまで来ると、一そ宇品へ出ようと思ったが、ここからさき、電車は鉄橋が墜ちているので、渡舟によって連絡していて、その渡し

に乗るにはものの一時間は暇どるということをきいた。そこで私はまた広島駅に行くことにして、己斐駅のベンチに腰を下ろした。

その狭い場所は種々雑多の人で雑沓していた。今朝尾道から汽船でやって来たという人もいたし、柳井津で船を下ろされ徒歩でここまで来たという人もいた。人の言うことはまちまちで分らない、結局行ってみなければどこがどうなっているのやら分らない、と云いながら人々はお互に行先のことを訊ね合っているのであった。そのなかに大きな荷を抱えた復員兵が五六人いたが、ギロリとした眼つきの男が袋をひらいて、靴下に入れた白米を側にいるおかみさんに無理矢理に手渡した。

「気の毒だからな、これから遺骨を迎えに行くときいては見捨ててはおけない」と彼は独言を云った。すると、

「私にも米を売ってくれませんか」という男が現れた。ギロリとした眼つきの男は、

「とんでもない、俺達は朝鮮から帰って来て、まだ東京まで行くのだぜ、道々十里も二十里も歩かねばならないのだ」と云いながら、毛布を取出して、「これでも売るかな」と呟くのであった。

広島駅に来てみると、呉線開通は虚報であることが判った。私は茫然としたが、ふと舟入川口町の姉の家を見舞おうと思いついた。八丁堀から土橋まで単線の電車があった。土橋か

ら江波の方へ私は焼跡をたどった。焼け残りの電車が一台放置してあるほかは、なかなか家らしいものは見当らなかった。漸く畑が見え、向うに焼けのこりの一郭が見えて来た。火はすぐ畑の側まで襲って来ていたものらしく、際どい処で、姉の家は助かっている。が、塀は歪み、屋根は裂け、表玄関は散乱していた。私は裏口から廻って、縁側のところへ出た。すると、蚊帳の中に、姉と甥と妹とその三人が枕を並べて病臥しているのであった。手助に行ってた妹もここで変調をきたし、二三日前から寝込んでいるのだった。姉は私の来たことを知ると、

「どんな顔をしてるのか、こちらへ来て見せて頂だい、あんたも病気だったそうだが」と蚊帳の中から声をかけた。

話はあの時のことになった。あの時、姉たちは運よく怪我もなかったが、甥は一寸負傷したので、手当を受けに江波まで出掛けた。ところが、それが却っていけなかったのだ。道々、もの凄い火傷者を見るにつけ、甥はすっかり気分が悪くなってしまい、それ以来元気がなくなったのである。あの夜、火の手はすぐ近くまで襲って来るので、病気の義兄は動かせなかったが、姉たちは壕の中で戦きつづけた。それからまた、先日の颱風もここでは大変だった。壊れている屋根が今にも吹飛ばされそうで、水は漏り、風は仮借なく隙間から飛込んで来、生きた気持はしなかったという。今も見上げると、天井の墜ちて露出している屋根裏に大き

な隙間があるのであった。まだ此処では水道も出ず、電燈も点かず、夜も昼も物騒でならないという。

私は義兄に見舞を云おうと思って隣室へ行くと、壁の剝ち、柱の歪んだ部屋の片隅に小さな蚊帳が吊られて、そこに彼は寝ていた。見ると熱があるのか、赤くむくんだ顔を茫然とさせ、私が声をかけても、ただ「つらい、つらい」と義兄は喘いでいるのであった。

私は姉の家で二三時間休むと、広島駅に引返し、夕方廿日市へ戻ると、長兄の家に立寄った。思いがけなくも、妹の息子の史朗がここへ来ているのであった。彼が疎開していた処も、先日の水害で交通は遮断されていたが、先生に連れられて三日がかりで此処まで戻って来たのである。膝から踵の辺まで、蚤にやられた傷跡が無数にあったが、割と元気そうな顔つきであった。明日彼を八幡村に連れて行くことにして、私はその晩長兄の家に泊めてもらった。が、どういうものか睡苦しい夜であった。焼跡のこまごました光景や、茫然とした人々の姿が睡れない頭に甦って来る。八丁堀から駅までバスに乗った時、ふとバスの窓に吹込んで来る風に、妙な臭いがあったのを私は思い出した。あれは死臭にちがいなかった。あけがたから雨の音がしていた。翌日、私は甥を連れて雨の中を八幡村へ帰って行った。私についてとぼとぼ歩いて行く甥は跣であった。

嫂は毎日絶え間なく、亡くした息子のことを嘆いた。びしょびしょの狭い台所で、何かしながら呟いていることはそのことであった。もう少し早く疎開していたら荷物だって焼くのではなかったのに、と殆ど口癖になっていた。黙ってきいている次兄は時々思いあまって怒鳴ることがある。妹の息子は飢えに戦きながら、蝗など獲って喰った。次兄の息子も二人、学童疎開に行っていたが、汽車が不通のためまだ戻って来なかった。長い悪い天気が漸く恢復すると、秋晴の日が訪れた。稲の穂が揺れ、村祭の太鼓の音が響いた。堤の路を村の人達は夢中で輿を担ぎ廻ったが、空腹の私達は茫然と見送るのであった。ある朝、舟入川口町の義兄が死んだと通知があった。

私と次兄は顔を見あわせ、葬式へ出掛けてゆく支度をした。電車駅までの一里あまりの路を川に添って二人はすたすた歩いて行った。とうとう亡くなったか、と、やはり感慨に打たれないではいられなかった。

私がこの春帰郷して義兄の事務所を訪れた時のことがまず目さきに浮んだ。彼は古びたオーバーを着込んで、「寒い、寒い」と顫えながら、生木の燻る火鉢に獅噛(しが)みついていた。言葉も態度もひどく弱々しくなっていて、滅きり老い込んでいた。それから間もなく寝つくようになったのだ。医師の診断では肺を犯されているということであったが、彼の以前を知っている人にはとても信じられないことではあった。ある日、私が見舞に行くと、急に白髪の増えた頭を持あげ、いろんなことを喋った。彼はもうこの戦争が惨敗に近づいていることを予想し、国民は軍部に欺かれていたのだと微かに悲憤の声を洩らすのであった。そんな言葉をこの人の口からきこうとは思いがけぬことであった。日華事変の始った頃、この人は酔っぱらって、ひどく私に絡んで来たことがある。長い間陸軍技師をしていた彼には、私のようなものはいつも気に喰わぬ存在と思えたのであろう。私はこの人の半生を、さまざまのことを憶えている。この人のことについて書けば限りがないのであった。

私達は己斐に出ると、市電に乗替えた。市電は天満町まで通じていて、そこから仮橋を渡って向岸へ徒歩で連絡するのであった。この仮橋もやっと昨日あたりから通れるようになったものと見えて、三尺幅の一人しか歩けない材木の上を人はおそるおそる歩いて行くのであった。(その後も鉄橋はなかなか復旧せず、徒歩連絡のこの地域には闇市が栄えるようになったのである。)私達が姉の家に着いたのは昼まえであった。

天井の墜ち、壁の裂けている客間に親戚の者が四五人集っていた。姉は皆の顔を見ると、「あれも子供達に食べさせたいばっかしに、自分は弁当を持って行かず、雑炊食堂を歩いて昼飼をすませていたのです」と泣いた。義兄は次の間に白布で被われていた。その死顔は火鉢の中に残っている白い炭を聯想さすのであった。

遅くなると電車も無くなるので、火葬は明るいうちに済まさねばならなかった。近所の人が死骸を運び、準備を整えた。やがて皆は姉の家を出て、そこから四五町さきの畑の方へ歩いて行った。畑のはずれにある空地に義兄は棺もなくシイツにくるまれたまま運ばれていた。ここは原子爆弾以来、多くの屍体が焼かれる場所で、焚つけは家屋の壊れた破片が積重ねてあった。皆が義兄を中心に円陣を作ると、国民服の僧が読経をあげ、藁に火が点けられた。すると十歳になる義兄の息子がこの時わーッと泣きだした。火はしめやかに材木に燃え移って行った。雨もよいの空はもう刻々と薄暗くなっていた。私達はそこで別れを告げると、帰りを急いだ。

私と次兄とは川の堤に出て、天満町の仮橋の方へ路を急いだ。足許の川はすっかり暗くなっていたし、片方に展がっている焼跡には灯一つも見えなかった。暗い小寒い路が長かった。どこからともなしに死臭の漾って来るのが感じられた。このあたり家の下敷になった儘とり片づけてない屍体がまだ無数にあり、蛆の発生地となっているということを聞いたのはもう大分以前のことであったが、真黒な焼跡は今も陰々と人を脅かすようであった。ふと、私はかすかに赤ん坊の泣声をきいた。耳の迷いでもなく、だんだんその声は歩いて行くに随ってはっきりして来た。勢のいい、悲しげな、しかし、これは何という初々しい声であろう。このあたりにもう人間は生活を営み、赤ん坊さえ泣いているのであろうか。何ともいいしれぬ感情が私の腸を抉るのであった。

槇氏は近頃上海から復員して帰って来たのですが、帰ってみると、家も妻子も無くなっていました。で、廿日市町の妹のところへ身を寄せ、時々、広島へ出掛けて行くのでした。あの当時から数えてもう四カ月も経っている今日、今迄行方不明の人が現れないとすれば、もう死んだと諦めるよりほかはありません。槇氏にしてみても、細君の郷里をはじめ心あたりを廻ってはみましたが、何処でも悔みを云われるだけでした。流川（ながれかわ）の家の焼跡へも二度ばかり行ってみました。罹災者の体験談もあちこちで聞かされました。

実際、広島では今でも何処かで誰かが絶えず八月六日の出来事を繰返し繰返し喋っているのでした。行方不明の妻を探すために数百人の女の死体を抱き起して首実検してみたところ、どの女も一人として腕時計をしていなかったという話や、流川放送局の前に伏さって死んでいた婦人は赤ん坊に火のつくのを防ぐような姿勢で打伏になっていたという話や、そうかと思うと瀬戸内海のある島では当日、建物疎開の勤労奉仕に村の男子が全部動員されていたので、一村挙（こぞ）って寡婦となり、その後女房達は村長のところへ捻じ込んで行ったという話もありました。槇氏は電車の中や駅の片隅で、そんな話をきくのが好きでしたが、広島へ度々出掛けて行くのも、いつの間にか習慣のようになりました。自然、己斐駅や広島駅前の闇市にも立寄りました。が、それよりも、焼跡を歩きまわるのが一種のなぐさめになりました。以前はよほど高い建ものにでも登らない限り見渡せなかった、中国山脈がどこを歩いていても一目に見えますし、瀬戸内海の島山の姿もすぐ目の前に見えるのです。それらの山々は焼跡の人間達を見おろし、一体どうしたのだ？　と云わんばかりの貌つきです。しかし、焼跡には気の早い人間がもう粗末ながらバラックを建てはじめていました。軍都として栄えた、この街が、今後どんな姿で更生するだろうかと、槇氏は想像してみるのでした。すると緑樹にとり囲まれた、平和な、街の姿がぼんやりと浮ぶのでした。あれを思い、これを思い、ぼんやりと歩いていると、槇氏はよく見知らぬ人から挨拶されました。ずっと以前、槇氏は開業医をしていたので、もしかしたら患者が顔を憶えていてくれたのではあるまいかとも思われましたが、それにしても何だか変なのです。

最初、こういうことに気附いたのは、たしか、己斐から天満橋へ出る泥濘(ぬかるみ)を歩いている時でした。恰度、雨が降りしきっていましたが、向うから赤錆びたトタンの切れっぱしを頭に被り、ぼろぼろの着物を纏った乞食らしい男が、雨傘のかわりに翳しているトタンの切れから、ぬっと顔を現しました。そのギロギロと光る眼は不審げに、槇氏の顔をまじまじと眺め、今にも名乗をあげたいような表情でした。が、やがて、さっと絶望の色に変り、トタンで顔を隠してしまいました。

混み合う電車に乗っていても、向うから頻りに槇氏に対って頷く顔があります。ついうっかり槇氏も頷きかえすと、「あなたはたしか山田さんではありませんでしたか」などと人ちがいのことがあるのです。この話をほかの人に話したところ、見知らぬ人から挨拶されるのは、何も槇氏に限ったことでないことがわかりました。実際、広島では誰かが絶えず、今でも人を捜し出そうとしているのでした。

（『三田文学』一九四七年十一月号）

# 小さな村

## 夕暮

青田の上の広い空が次第に光を喪っていた。村の入口らしいところで道は三つに岐れ、水の音がしているようであった。私たちを乗せた荷馬車は軒とすれすれに一すぢの路へ這入って行った。アイスキャンデーの看板が目についた。溝を走るたっぷりした水があった。家並は杜切(とぎ)れてはまた続いていった。国民学校の門が見え、それから村役場の小さな建物があった。田のなかを貫いて一すぢ続いているらしいこの道は、どこまでつづくのだろうかとおもわれた。荷馬車はのろのろと進んだ。家並が密になってくると、時々、軒下から荷馬車の方を振返って、驚愕している顔があった。路傍で遊んでいる子供も声をあげて走り寄るのであった。

微かにモーターの響のしている或る軒さきに、その荷馬車が停められた時、あたりはもう薄暗かった。みんなはひどく疲れていた。立って歩けるのは、妹と私ぐらいであった。私はその製粉所に這入って行くと、深井氏に声をかけた。表に出て来た深井氏は吃驚して、それから、すぐにまた奥に引込んだ。いま、荷馬車の上の負傷者をとり囲んで、村の女房たちがてんでに私たちに話しかけた。けれども私は、薄闇のなかに誰が何を云ってくれているのやら、気忙しくてわからないのであった。深井氏はせっせと世話を焼いてくれた。兼ねて、その製粉所から三軒目の家を、次兄が借りる約束にはなっていたのだが、こうして突然、罹災者の姿となって越して来ようとは、誰も思いがけぬことであった。

やがて、私たちは、ともかく農家の離れの畳の上に、膝を伸した。次兄の一家族と、妹と私と、二昼夜の野宿のあげく、漸く辿りついた場所であった。とっぷりと日は暮れて、縁側のすぐ向の田を、風が重苦しくうごいていた。

一老人

背の低いわりに顔は大きい、額は剝げあがっているが、鬢の方には白髪と艶々した髪がまじっている、それから、何より眼だが、そのくるりとした眼球は、とてもいま睡むたそうで、まだ昼寝の夢に浸っているようだし、ゆるんだ唇にはキセルがあった。……一瞬、あたりの空気がずりさがって、こちらまで何だか麻酔にかかりそうであった。が、そのぼんやりした眼が漸くこちらに気づいたようであった。すると、その男の顔には何ともいえぬもの珍しげな表情がうかび、唇がニヤニヤと笑いだした。

「どうしたのだ、黙ってつっ立っていたのでは分らないよ」

さきほどから、そこの窓口に紙片を差出して転入のことを依頼している私は、ちょっと度胆を抜かれた。

「これお願いしたいのですが、そうお願いしているのですが」

しばらくすると、その男は黙って、その紙片を机上に展げた。それから、帳面に何か記入したり、判を押したりしだした。反古のような紙に禿びたペンで奇妙な文字を記入し、太い指さきで算盤を弾いては乱暴な数字を書込んでいる。じっと窓口でそれを視入っている私は、何だかあれで大丈夫なのかしらと、ひどく不安になるのであった。だが、とにかく、こうして転入の手続は済んだ。受取った米穀通帳その他は、その日から村で通用するようになった。

私をおどろかしたその老人は、村の入口の小川の曲り角とか、畑道で、ひょっくり出逢うことがあった。いつも鍬を肩にしてぶらぶらと歩いている容子は――畑に釣をしに行くような風格があった。

　その後、この村から私が転出する際も、私はまたその老人の手を煩わした。老人は滅多に役場に姿を現さず主に畑を耕しているのだったが、その日、村道の中ほどを悠然と歩いている老人の姿を見つけると、私はやにわに追い縋（すが）って、転出のことを頼んだ。村役場の机で、老人は転出証明を書いてくれた。「東京への転出はどうもむつかしいということだがな……」と老人は首を捻りながら、とにかくそれを書いてくれたのである。

## 火葬

「何とも御愁傷のことと存じます」そこの座敷へ上り誰に対して云うともなしに発した、この紋切型の言葉が、ぐいと私の胸にはねかえって来て、私は悲しみのなかに滅り込んで行きそうになった。これはいけない、と私はすぐに傍観者の気持に立還ろうとした。広島で遭難してから五日目に、その男は死んでしまった。この村へ移って四日目に、私はその葬式に加わっているのだった。

　今あたりを見廻すと、村の人々は、それほどこの不幸に心打たれているようにはおもえなかった。みんながいま頻りに気にしていることは、空襲警報中なので出発の時刻が遅れることであった。榊や御幣のようなものが、既にだいぶ前からそこの縁側に置いてあった。しばらくすると、警報が解かれた。すると、人々は吻（ほっ）としたように早速それらを手に手に取って、男たちは路ばたに並んだ。棺は太い竹竿に通されて、二人の年寄に担がれた。それが先頭を揺れながら進んだ。村道を突切り、田の小径を渡り、山路にさしかかると、棺を担う竹がギシギシと音をたてた。火葬場は山の中腹にあった。いま、ここまで従いて来る男たちに私が気づくと、それはみんな年寄ばかりなのだった。

なかの二三人が棺を焼場の中に据え、その下に丸太を並べ、藁を敷いて点火した。火は鉄の扉の向で燃えて行った。

「それではあとはよろしくお願いします」と、棺を担いで来た老人と若い未亡人がさきに帰って行った。人々は松の木蔭の涼しいところに腰を下ろして、暫く火の燃え具合を眺めているのであった。鉄の扉からは今も熾（さか）んに煙が洩れた。

「ほら、まるで鰡（ぼら）を焼くのと同じことだ。脂がプスプスいっている」と誰かが気軽な調子で云った。すると、一人が扉のところへ近づいて更に薪を継ぎ足した。暫くみんなは莨（タバコ）を喫いながら、てんでに勝手なことを喋り合っていた。

「よく燃えている。この調子なら、夜はお骨拾いに行けるでしょう」と一人の年寄は満足そうに呟いた。「では、そろそろ引あげましょうか」と誰かがいうと、みんなは早速腰を上げた。

淡々として、人々は事を運び、いくぶん浮々した調子すら混っている。広島の惨劇がまだ目さきにちらつく私には、これは多少意外な光景であった。だが、こうした不幸を扱うに、今はこうした軽い調子によるよりほかないのかもしれない。すたすたと、坂路を降って行く年寄たちは、頻りにふり仰いでは頭上を指さす。見ると、松の枝のあちこちに小さな竹筒が括り附けてあるのであった。一人の年寄は態（わざ）と立留まって、まるでそれをはじめて眺めるように、「ははあ、なるほど、松根油か。松根油が出るから日本は勝つそうな」と、からからとわらいだした。この村の人々が松根油でさんざ苦しめられているらしいことを、ふと私はさとるのであった。

## 農会

はじめて米殻通帳を持って、その農会へ行った時、そこの土間の棚にレモンシロップや麦藁帽子、釦（ボタン）などが並べてあるのを私はじろじろと眺めた。「あれは売ってもらえるのですか」と女事務員に訊ねると頷く。そこで、私は水浸しになってカチカチに乾きついた財布からパサパサになっている紙幣をとり出し、毛筆とシロップを求めた。「あそこではこんなもの売ってくれるよ」と私はめずらしさのあまり妹に告げると、妹も早速出掛け、シロップや釦を買ってもどる。「ほんとうに、お金を出せばものが買えるなんて、まるで夢のようだ」と妹も妙に興奮してくるのであった。

だが、その後、お金を出してものが買えるのは既に珍しくない世の中がやって来た。その頃になると、この村にも、復員青年の姿がぽつぽつ現れた。農会の女事務員は、村の老婆にしつこく年齢を訊ねられていた。

「気だてさえよければ伜の嫁にしたいのだが」老婆はむきつけてそんなことを娘に打明けるのだった。Agricultural Society いつのまにか農会の入口にはこんな木札が掲げられていた。

## 玩具の配給

爺さんは牛を牽いて夜遅く家に帰る途中だった。後からやって来た朝鮮人が頻りに頼むので、その荷物を牛の背に乗せてやったかとおもうと、すぐ側の叢(くさむら)で「万歳！　万歳！」と叫ぶ声がした。見ると薄らあかりのなかに軍刀を閃めかしながら人影が立上った。「万歳！万歳！」と猶も連呼しながら、影はよろよろとこちらへ近づいてくる。その時、朝鮮人は荷を持って素速く逃げ去ったが、牛を連れている爺さんは戸惑うばかりであった。「こらえて下さいや。なんにもわしはわるいことをしたおぼえはないのです」爺さんは哀願した。だが、朦朧とした眼つきの男は、振りあげた軍刀で牛の尻にぴたと敲きつけると、つづいて爺さんの肘のところを払った。そして、それきり相手の将校は黙々と立去ったのである。――八月十五日の晩の出来事で、軍刀の裏側でやられた肘の疵を撫でながら、爺さんは翌朝おそろしそうにこの話をした。

そんなことがあってから五六日目のことだが、爺さんは牛を牽いて、朝早くから玩具を取りに出掛けて行った。牛の背に積んで戻る程、たんと玩具がやって来るのかしら、と私は少しおかしくおもった。すると、お餉ごろ爺さんは村へ帰って来た。それから暫くして、玩具の配給があるから取りに来いというのだった。よろこんで出掛けて行った甥はすぐにひきかえして来た。

「風呂敷がいる、風呂敷がいるんだよ」

甥はひどく浮々してまた出掛けて行った。やがて持って戻った風呂敷包は、すぐ畳の上にひろげられた。笛がある。カチカチと鳴る奇妙な木片がある。竹のシャベル。女優のプロマイド。紙の将棋。木の車。どれも、これも、おそろしく粗末なものだが、宣撫用として、久しく軍の倉庫に匿されていたものなのだろう。こんなもの呉れるより、米の一升でもくれたらいいのに、と大人たちはあまり喜ばないのであったが、子供らはてんでに畳の上のものに気を奪われた。

日が暮れて、私は二階に昇って行った。すると、田の方で笛の音がするのだ。それも、一つばかりではない。短かい、単調な、笛の音は、あっちの家からも、こちらの小屋からも、今しきりにもの珍しげに鳴りひびくのであった。そういえば、堤の方にも、山の麓にも、灯がキラキラと懐しげに瞬いている。私の心も少し潤うようであった。罹災以来ひどく兇暴な眼ざしになっていた、小さな姪の眼の色が、漸くやわらぎを帯びて来たのは、それから二三日後のことである。

## 罹災者

軍から引渡された品が隣組長の処で配給されることになった。受取りに行った私は、そこの閾で、二三時間待たされた。蚊取線香、靴箆（くつべら）、歯ブラシ、征露丸、梅肉エキス、蚤とり粉、毛筆、紙挟み、殆ど使用に堪えそうもない安全剃刀、パイプなど畳一杯に展げられていたが、ゲートル、帽子、雑嚢などになると、一層奇妙なものが多かった。

その、腹巻とも、鉢巻ともつかぬ、紐の附いた白い布をとりあげて、「これは、犢鼻褌（ふんどし）にしたらいいわな」と側にいる親爺が私に話しかけた。私が曖昧に頷くと、それからは相手は得意になって、頻りに愚にもつかぬことを喋りだすのであった。が、どうも、その弛んだ貌（かお）

つきと捨鉢な口調とは不可解なものを含んでいた。

その後、私はその親爺とは時折路上で出喰わすようになった。いつも狎れ狎れしく話しかけるし、ひどく出鱈目な身なりや、阿房めいた調子は——こちらまで魯鈍の伴侶にされそうであった。「芋を供出せえというお触れが出たが、わしんところには畑はない。それだから他所で買うて芋をおかみへ供出せねやならんことになるわい」そういって、ハハと力なく笑うのであった。私は彼が罹災者で、大阪から流れ込んで来たことをもう知っていた。

隣の家で誰か祈祷師がやって来て、頻りに怕いような声をあげていた。その家の娘を揉み療法で祈り治すらしいのだが、ふと、その文句に耳を傾けてみると、ギャテイ　ギャテイハラギャテイとか、チョウネンカンゼオン、ボネンカンゼオンとか、いろんな文句が綴り合わされているのであった。しかし、文句より声の方が凄さまじかった。——ところが、その祈祷師が、あの大阪の罹災親爺だとは、私は久しく気づかなかった。

祈祷師、田口の親爺さんは、縁側に腰を下ろして、私の次兄に話しかけていた。「箪笥を売ろうという人があるんだが、あんた買う気はないかね。何でも買うなら今のうちだよ。黒柿の素敵な箪笥じゃ。うんにゃ、楓の木じゃったかな」と、彼は相変らず阿房めいた調子を混じえながら、巧みに話をもちかけてゆくのであった。

## 脅迫

私はひどい下痢に悩まされながら、二階でひとり寝転んでいた。すると、階下の縁側のところに誰だか近寄って来る足音がした。

「今晩は、今晩は、森さんはここですかいの」その声ははじめから何か怨みを含んでいるらしい調子であったが、どうしたわけか、嫂が返事をするのが、少し暇どっていた。「森さん、森さん」と、相手の声はもう棘々していたが、やがて嫂が応対に出たらしい気配がすると、「なして、あんたのところは当番に出なかったのですか」と、いきなり嚇と浴せかけるのであった。

国民学校の校舎が重傷者の収容所に充てられ、部落から毎日二名宛看護に出ることになっていた。が、嫂はいま、死にそうになっている息子の看病に附ききりだったし、次兄も火傷でまだ動けない躰だし、妹はその頃、広島へ行っていた。……何か弁解してゐる嫂の声はききとれなかったが、激昂している相手の声は、あたり一杯に響き亘った。

「ええッ！　義務をはたさない家には配給ものもあげやせんからの」

と、とうとう今はそんなことまで呶鳴り散らしている。その声から想像するに、相手はかなりの年配の男らしかったが、おのれの声に逆上しながら、ものに脅えているような、パセチックなところもあった。それは、抑制を失った子供の調子であった。やがて、その声もだんだん低くなり、まだ何か呟いているらしかったが、それもぴったり歇んでしまった。遠ざかってゆく足音をききながら、私はその人柄を頭に描き、何となくをかしかった。だが、この事件は、決して笑いごとではすまなかった。それでなくても、罹災者の弱味をもつ私たちは、その後は戦々兢々として、村人の顔色を窺わねばならなかった。

嫂は路傍で、村人の会話の断片を洩れ聴きして戻って来た。

「そうすると、広島の奴等はやがてみんな飢え死にか」

「飢え死にするだろうてえ」

その調子は、街の人間どもが、更に悲惨な目に陥ることを密かに願っているようだった、と嫂は脅えるのであった。

「上着のお礼に芋をやると約束しておきながら、とるものばかりさきにとっておいて、くれた品はたったこれだけ」と、妹もこの辺の百姓のやりかたに驚くのであった。

私も、その村の人々をそれとなく観察し、できるだけ理解しようとはした。だが、私がその村に居たのは半歳あまりだったし、農民との接触も殆どなかったので、街で育った私には、何一つ掴むところがなかった。もともと、この村は、海岸の町へ出るに一里半、広島から隔たること五里あまり、言語も、習慣も、私たちとそう懸隔れている訳ではなかったが、それでいてこの村の魂を読みとることは、トルストイの描いた農民を理解することよりも困難ではないかと思われた。

厠の窓から覗くと、鶏小屋の脇の壁のところに陣どって、せっせと藁をしごいている男がいた。雨の日でも同じ場所で同じ手仕事をつづけていたが、その俯き加減の面長な顔には、黒い立派な口髭もあり、ちょっと、トーマスマンに似ていた。概して、この村の男たちの顔は悧巧そうであった。それは労働によって引緊まり、已れの狭い領域を護りとおしてゆく顔だった。若い女たちのなかには、ちょっと、人を恍惚とさすような顔があった。その澄んだ瞳やふっくらした頬ぺたは、殆どこの世の汚れを知らぬもののようにおもわれた。よく発育した腕で、彼女たちはらくらくと猫車を押して行くのであった。だが、年寄った女は、唇が出張って、ズキズキした顔が多かった。

ある日、役場の空地で、油の配給が行われていた。どこに埋めてあったのか、軍のドラム罐が今いくつもここに姿を現していたが、役場の若い男が二人、せっせと秤で測っては壜に注いだ。各班から壜を持って集って来る女たちは、つぎつぎに入替ったが、私のところの班だけは組長の手違いのため一番最後まで残された。

その秤で測っては壜に注ぐ単調な動作をぼんやり眺めていると、私はいい加減疲れてしまった。だが、女たちはよほど嬉しいのだろう、「肩が凝るでしょうね、揉んであげよう」と、おかみさんは油を注いでくれる青年の肩に手をかけたりした。

ふと、役場の窓のところに、村長の顔が現れた。すると、みんなは一寸お辞儀するのであったが、その温厚そうな、開襟シャツの村長は、煙草を燻らしながら、悠然と一同を瞰下(みお)ろしていた。

「油をあげるのだから、この次には働いてもらわねばいかんよ。もうものの時だけ元気よく出て来て、働くときには知らん顔では困るからね」と、ねっとりした、しかし、軽い口調で話しかけるのであった。

## 舌切雀

ある朝、私は二階の障子を繕っていた。ひっそりと雨が降りつづいて、山の上の空は真白だったが、稲の穂はふさふさと揺れていた。たった四五枚の障子を修繕しただけで、私はもう精魂尽きるほど、ぐったりした。朝たべた二杯の淡いお粥は、既に胃の腑になかったし、餉までにはまだ二三時間あった。ふと、私の眼は、鍋に残っている糊に注がれていた。(これはメリケン粉だな。それなら食べられる）はじめ指先で少し摘んで試みると、次にはもう瞬くうちにそれを平らげているのだった。（舌切雀、舌切雀）と私は口の糊を拭いながら、ひとり苦笑した。

秋雨があがると暑い日がもり返して来た。村では、道路を修繕するため、戸毎に勤労奉仕が課せられた。私がふらふらの足どりで、国民学校の校庭に出掛けて行くと、帳面を手にした男がすぐ名前をそれに控え、「あんたは車の方をやってくれ」と云う。「病気あがりなのですから、なるべく楽な方へ廻して下さい」と私は嘆願した。漸く土砂掘りの方へ私は廻された。校庭の後に屹立している崖を、シャベルで切り崩して行くのであったが、飢えている私には、嚇と明るい陽光だけでも滅入るおもいだった。土砂はいくらでも出て来るし、村人は根気よく働いた。その土砂を車に積んで外へ運んで行く連中も、みんな、いきいきしていたし、涼しそうな眼なざしをした頬かむりの女もいた。

「お粥腹では力が出んなあ」

いつの間にか私の側には、大阪の罹災親爺が立っているのだつた。

# 巨人

台風が去った朝は、稲の穂が風の去った方角に頭を傾むけ、向の低い山の空には、青い重さうな雲がたたずんでいた。

二階からほぼ眼の位置と同じところに眺められる、その山は、時によつていろんな表情を湛えた。その山の麓から展がる稲田と、すぐ手まえに見える村社と、稲田の左側を区切っている堤と、私の眼にうつる景色は凡そ限られていた。堤の向は川でその辺まで行くと、この渓流のながめは、ちょっと山の温泉へでも行ったような気持をいだかせるのだったが、ひだるい私は滅多に出歩かなかった。

ぼんやりと私はその低い山を眺めていた。真中が少し窪んでいるところから覗いている空は、それが、真青な時でも、白く曇っている時でも、何か巨人の口に似ているようにおもえだした。その巨きな口も、飢えているのだろうか。いつのまにか、飢えている私は、その山の上の口について、愚かな童話を描いていた。……あの巨人の口はなかなか御馳走をたべるのだ。朝は大きな太陽があそこから昇るし、夕方は夕方で、まるい月がやはりあそこから現れて来る。雲や星も、あの美食家の巨人の口に捧げられる。……だが、そうおもっても、やはり巨人の口も、何となく饑(ひも)じそうだった。

朽木橋

小春日の静かな流れには、水車も廻っていた。この辺まで来るのは、今日がはじめてであったが、嫂は私より先にとっとと歩いた。薪を頒けてくれるという家は、まだ、もっとさきの方らしかった。先日、雨のなかの畑路で、嫂が木片を拾い歩いていると、通りがかりの男が、薪なら少し位わけてやるよ、と言葉をかけてくれたのである。で、嫂は私を連れて、その家に薪を貰いに行くのであった。

崖の下に水が流れていて、一本の朽木が懸っている、その向に農家があった。嫂はその橋を渡って、農家の庭さきに廻り声をかけた。色の黒い男が早速、薪を四五把とり出してくれた。「背負って行くといい。負いこを貸してやろうか」と、負いこを納屋から持って来てくれる。そういうものを担うのは私は今日がはじめてであった。

「三把負えるのだが、あんたには無理かな」

「ええ、それに、あの橋のところが、どうも馴れないので、……あそこの橋のところだけ、一つ負って行ってもらえませんか」

さきほどから、私はそれがひどく心配でならなかったのだが、その男はこくりと頷き、二把の薪を背負うと、とっとと朽木橋を渡って行った。

## 路

私はあの一里半の路を罹災以来、何度ゆききしたことだろう。あの路の景色は、いまもまざまざと眼の前に浮かび、あそこを歩いた時のひだるい気持も、まだ消え失せてはいない。忍耐というものがあるとすれば、それが強いられるものでなく、自然に形づくられるものであるとすれば、ああした経験はたしかに役立つだろう。村から一里半ばかり小川に添って行くと、海岸に出たところにH町がある。そこには、長兄の仮寓があった。その家に行けば、ともかく何か喰べさせてもらえるのであった。

内臓が互に嚙みあうぐらい飢えていた私は、ひょろひょろの足どりで村の端まで出て来る。すると、路は三つに岐れ、すぐ向に橋が見える。この辺まで来ると、私の足も漸く馴れ、視野も展がって来るのだが、そこから川に添って海の方まで出てゆく路が、実はほんとうに長かった。

恥かしいことながら、空腹のあまり私はとかく長兄の許へよく出掛けて行くのであった。

だが、そこで腹を拵えたとしても、帰りにはまた一里半の路が控えていた。ことに夜など、川に沿って戻る路が、——それは人生のように佗しかった。橋のところに見える灯を目あてに、いくら歩いて行っても、行っても、灯は彼方に遠ざかってゆくようにおもえることがあった。その橋のところまで辿りつくと、とにかく半分戻ったという気持がする。私はH町まで行って戻るたびに、膝の関節が棒のようになり、まともに坐ることが出来ないのであった。

## 雲

刈入れの済んだ後の田は黒々と横わっていたが、夜など遅くまで、その一角で火が燃やされていることもあったし、そこでは、絶えず忙しげに働いている人の姿を見かけるのであった。

私は二階の縁側に出て、レンズをたよりに太陽の光線で刻みタバコに火を点けようとしていた。雲の移動が頻りで、太陽は滅多に顔をあらわさない。いま、濃い雲の底から、太陽の輪郭が見えだしたかとおもうと、向の山の中腹に金色の日向がぽっと浮上ってくるのだが、こちらの縁さきの方はまだぼんやりと曇っている。やがて雲に洗はれた太陽が、くっきりとこちらに光を放ちだしたと思うのも束の間で、すぐに後からひろがって来る雲で覆われてしまう。私は茫然として、レンズを持てあますのであった。が、そうした折、よく、ひょっくりと、H町の長兄はここへ姿を現すのであった。彼は縁側に私と並んで腰を下ろすと、

「一体、どうするつもりなのか」と切りだす。

罹災以来、私と一緒に次兄の許で厄介になっていた妹は、既にその頃、他所へ立退いてしまったが、それと入れ替って、次兄の息子たちが、学童疎開から戻って来た。いつまでも私が、ここでぶらぶらしていることは、もう許されないのであった。だが、一たいどうしたらいいのか、私にはまるで雲を摑むような気持であった。

## 路

降りしきる雪が、山のかなたの空を黒く鎖ざしていたが、海の方の空はほの明るかった。私はその雪に誘われてか、その雪に追いまくられてか、とにかく、またいつもの路まで来ていた。

年が明けても、飢えと寒さに変りはなく、たまたま読んだアンデルセンの童話も、凍死しかかる昆虫の話であった。どこかへ、私も脱出しなければ、もう死の足音が近づいて来るような気がした。広島の廃墟をうろつく餓死直前の乞食も眼に泌みついていたが、先日この村をとぼとぼと夏シャツのまま歩いていた若い男の姿——その汚れた襯衣（シャツ）や黝（くろ）ずんだ皮膚は、

まだ原子爆弾直後の異臭が泌み着いているかのようにおもえた。――も忘れられなかった。新聞に載った大臣の談話によると、この冬は一千万人の人間が餓死するというではないか。その一千万人のなかには、私もたしか這入っているに違いない。

私は降りしきる雪のなかを何か叫びながら歩いてゆくような気持だった。早くこの村を脱出しなければ……。だが、汽車はまだ制限されているし、東京都への転入は既に禁止となった。それに、この附近の駅では、夜毎、集団強盗が現れて貨物を攫(さら)って行くという、――いずこを向いても路は暗くとざされているのであった。

## 深井氏

深井氏はよく私に再婚をすすめていたが、いよいよ私が村を立去ることに決まると、「切角いい心あたりがあったのに」と残念がった。村を出発する日、私は深井氏のところで御馳走になった。

「去年の二月でしたかしら」

「一月です。ここへ移って来たのが三月で、恰度もう一年になります」

深井氏はゆっくりと盃をおいた。去年の一月、彼は京城の店を畳んで、広島へ引上げたのだった。だが広島へ移ってみても、形勢あやふしと観てとった彼は、更にこの村へ引越したのである。これだけでも、千里眼のやうな的中率であったが、その上、ここで選んだ家業が製粉業であった。

「何といっても人の咽喉首を締めつけていらっしゃるのですから……」（厭な言葉だが）と、人はよく深井氏のことを評した。

「ええ、暢気な商売でしてね、機械の調子さえ聴いておれば、後は機械がやってくれます。それに村のおかみさん連中が、内証で持って来る小麦がありますし」と、深井氏はたのしそうに笑うのだった。だが、深井氏は決してのらくらしているのではなく、裏の畑をせっせと耕している姿がよく見受けられた。係累の多い彼は、いつもそのために奮闘しているらしかった。

　私もこの村では深井氏を唯一のたよりとし、何彼と御世話にばかりなっていた。どうやらこうやら命が繋げてゆけたのも、一つには深井氏のおかげであった。

## 路

うららかな陽光が一杯ふり灑(そそ)いでいた。私はその村はずれまで来ると、これでいよいよ、お別れだとおもいながらも、後を振返っては見なかった。向には橋が見え、H町へ出る小川がつづいている。私はその路を、その時とっとと歩いて行ったのだった。

東京へ移って来た私は、その後、たちまち多くの幻滅を味った。上京さへすれば、と一図（いちず）に思い込んでいたわけでもないが、私を待伏せていた都会は、やはり、飢えと業苦の修羅でしかなかった。

どうかすると、私は、まだあの路を歩いている時の気持が甦ってくる。春さきの峰にほんのりと雲がうつろい、若草の萌えている丘や畑や清流は、田園交響楽の序章を連想さすのだった。ここでゆっくり腰を下ろし、こまかに眼を停めて景色を眺めることができたらどんなにいいだろう。だが、私の眼は飢えによって荒んでいたし、心は脱出のことにのみ奪われていた。それに、あの惨劇の灼きつく想いが、すぐに風物のなかにも混って来る。

それから、あの川口へ近づくあたり、松が黒々と茂っていて、鉄道の踏切がある。そこへ来かかると、よく列車がやって来るのに出遭う。それは映画のなかに出て来る列車のようにダイナミックに感じられることがあった。いつの日にか、あの汽車に乗って、ここを立去ることができるのだろう――私は少年のようにわくわくしたものだ。

広島ゆきの電車は、その汽車の踏切から少し離れたR駅に停る。その駅では、切符切のにやけ男が、いつも「君の気持はよくわかる」と歌っていた。それが、私にはやりきれない気持を伝えた。足首のところを絞るようになっている軍のズボンを穿いている男たちの恰好も、無性に厭だったが、急に濃厚な化粧をして無知の衣裳をひけらかしている女も私をぞっとさすのだった。

見捨ててしまへ！　こんな郷土は……

私はいつも私に叫んでいたものだ。

日々の糧に脅かされながら、今も私はほとほとあの田舎の路を憶い出すのだ。ひだるい足どりで歩いて歩いて行った路は、まだはるか私の行手にある。

# 氷花

三畳足らずの板敷の部屋で、どうかすると息も窒がりそうになるのであった。雨が降ると、隙間の多い硝子窓からしぶきが吹込むので、却って落着かず、よく街を出歩いた。「僕をいれてくれる屋根はどこにもない、雨は容赦なく僕の眼にしみるのだ」――以前読んだ書物の言葉が今はそのまま彼の身についているのだった。有楽町駅のコンクリートの上に寝そべっている女を見かけたことがある。乳飲児を抱えて、筵も何もない処で臆びれもせず虚空な眸を見ひらいていた。それは少し前まで普通な暮しをしていたことの分る顔だった。そういう顔が何といっても一番いけなかった。朝、目が覚めると、彼の部屋の固い寝床は、そのまま放心状態で寝そべっているコンクリートになっている。はっとして彼は自分にむかって叫ぶのであった。「此処で死んではならない、今はまだ死んではならないぞ」だが、彼を支えている二階の薄い一枚の板張は今にも墜落しそうだったし、突然、木端微塵に飛散るものの幻影があった……。

家の焼跡に建てているバラックももう殆ど落成しそうだ――。

広島からそんな便りを受取ると、彼は一度郷里へ行ってみたくなった。今年の二月、彼は八幡村から広島の焼跡へ掘出しに行ったのだが、あの時の情景が思い出された。眼のとどく処には粗末な小屋が二つ三つあるばかりで焼跡の貌ばかりがほしいままに見渡せたが、彼は青い水を湛へてゐる庭の池の底を覗きながら、まだ八月六日の朝の不思議な瞬間のことを思ひ耽っていた。だが、長兄はせっせと瓦礫を拾っては外に放りながら、大工たちを指図しているのだった。大工たちは焼残った庭樹を焚いて、そのまわりで弁当を食べた。すると、すぐ近くに見える山脈に嶮しい翳りが拡がって、粉雪がチラつきだした。彼が庭に埋めておいた木箱からは、黒い水に汚れた茶碗や皿が出て来た。それは彼が妻と死別れて、広島に戻る時まで旅先の家で使っていた品だった。が、そんなものは差当って何にもならなかったので、彼は姉のところへ預けに行った。

川口町の焼残った破屋で最近夫と死別れた姉は、彼の顔を見るたびに、「どうするつもりなの、うかうかしている場合ではないよ」と云うのであった。この姉は、これから押寄せてくる恐ろしいものに脅えながら、突落された悲境のなかをどうにかこうにかくぐり抜けてゆく気組を見せていた。ところが、彼は罹災以来、八幡村で次兄の家に厄介になっていて、飢えに苛まれ衰弱してゆく体を視つめながら、漠然と何かを待っていたのである。

新シイ人間ガ生レツツアル　ソレヲ見ルノハ嬉シイ　早クヤツテキタマエ　と、東京の友は云って来た。汽車の制限がなくなるのを待っていると、間もなく六大都市転入禁止となった。

新しい人間が見たいという熱望は彼にもあった。彼があの原子爆弾で受けた感動は、人間に対する新しい憐憫と興味といっていい位だった。急に貪婪の眼が開かれ、彼は廃墟のなかを歩く人間をよく視詰めた。廃墟の入口のべとべとの広場に出来た闇市には頭髪をてらてら光らし派手なマフラを纏っている青年や、安っぽい衣裳の女を見かけるようになった。憩える場所の一つもない死の街を人はぞろぞろ歩いて居り、ガタガタの電車は軋みながら走った。彼はその電車のなかで、漁師らしい男が不逞な腕組みをしながら、こんなことを唸っているのをきいた。

「ヘッ！　着物を持って来て煮干とかえてくれというようになりやがったかッ。もう奴等の底は見えて来たわい」

それは獲物の血を啜っている蜘蛛の姿を連想さすのだった。だが、そういう蜘蛛の巣は今にいたるところに張りめぐらされてくるかもしれなかった。

「もうこれからは百姓になるか、闇屋になるかしなくては、どっちみち生きては行けませんぞ」

以前は敏腕な社員だったが、今は百姓になっている後藤は、皆を前にして熱心に説くのであった。それは廿日市の長兄のところで、製作所の解散式が行われた日のことだった。彼も半年ほどその製作所にいたので、次兄と一緒にこの席へ加わった。罹災以来、製作所の者が顔を合わすのは、それが最初の最後であった。奇蹟的に皆無事に助かっていた。ひどい火傷で生死が気づかわれていた西田まで今はピンピンしていた。だが、これから皆は何を仕始めたらいいのか、かなり迷っているのだった。

「たとえまあ商店をやるにしたところで、その脇にちょっと汁粉屋などを兼ねて、二段にも三段にもこまめにせっせと立働くことですな」

後藤がこんなことを面白をかしく喋っていると、縁側に自転車の停まる音がして、誰かがのそっと入って来た。

「バタージャ、雪印が四十五円、どうじゃ、要るかなあ」

その男は勝誇ったように皆を見下ろしていたが、「まあ、まあ、一寸休んで行きなさい」と後藤に云われると、漸くそこへ腰を下ろし、それから人を小馬鹿にしたような調子で喋りだした。

「ははん、これからいよいよ暮し難うなると仰しゃるのか、あたりまえよ。大体、十あるものを十人に分けるというのなら道理も立つが、三つしかないものを十人に分けろなんて、あんまり馬鹿馬鹿しいわい。何もこの際、弱い奴や乞食どもを養ってやるのが政府の方針でもあるまいて。……ははん、ところでまあ聞いてもくれたまえ。こないだも荷物を送出すのに儂はいきなり駅長室へ掛合に行った。あたりには人もいたから、そろっと二十円ほど駅長の机の上に差出して筆談したわけさ。駅長もよく心得たもので早速それは許可してくれた。ははん、近頃は万事まあこの調子さ。……ところで、まあ聞いてもくれたまえ。たったこの間まで儂もよく知っているピイピイの小僧子がひょっくり儂に声をかけて云うことには、この頃はお蔭で大きな商売やってます、何しろ月五千円からかかりますってな、笑わしゃあがるが、まあまあ人間万事からくり一つさ」

その赭ら顔のむかつくような表情の男を、彼は茫然と傍から眺めていた。喋り足りると、その男は勝誇ったように自転車に乗って去って行った。――その時から、彼はその男が残して行った奇怪な調子を忘れることが出来なかった。以前も二三度見かけたことはある男だったが、あれは一体何という人間なのだろう。「ははん」と自棄(やけ)くその調子が彼を嘲るようであった。

煙草に餓えて、彼は八幡村から廿日市まで一里半の路を吸殻を探して歩いて行った。田舎路のことで一片の吸殻も見つからなかった。廿日市の嫂のところで一本の煙草にありついた時には、さきほどまで滅入りきっていた気分が急に胸にこみあげて来た。

「何だか僕は死ぬるのではないかと思っていた」彼はふと溜息をついた。

「悪いことは云わないから、再婚なさい。主人とも話しているのですが、もし病気されたら、誰が今どきみてくれるでしょうか」

長兄もときどき八幡村に立寄った序(ついで)には彼にそのことを持ちかけるのだった。

「結局、それではどうするつもりなのだ」

「近いうち東京へ出たいと思っている」

彼は兄の追求を避けるように、こう口籠るのであった。「いつまであそこへ迷惑かけているつもりなのですか。もう大概何とかなさったらいいでしょうね」――彼と一緒に次兄の家で一時厄介になっていた寡婦の妹からこんな手紙が来た。……

「誠がよくやってくれるのよ、お母さんが愚痴云うと躍気になって、それはそれは何でもかでも引受けたような口振りで、一生懸命やってくれるよ」

川口町の姉は彼の顔を見ると、息子のことを話しだした。父親と死別れたこの中学二年生の少年は急に物腰も大人じみていたが、いつの間にか物資の穴とルートを探り当てて、それを巧みに回転さすのだった。そうして得た金では屋根を修繕させたり、鱈腹飯を食べたり、闇煙草を吸うのであった。彼は殆ど驚嘆に近い気持で、十六歳の甥を眺めた。こうした少年は、しかし、今いたるところの廃墟の上で育っているのかもしれなかった。

彼が漫然と上京の計画をしていると、モラトリウムの発表があった。一体どういうことになるのか見とおしもつかないので、廿日市の長兄の許へ行ってみた。「君のように政府の打つ手を後から後から拝んで行く馬鹿があるか」と長兄は彼を顧みて云う。何のことか彼にはよく分らなかったが、「ははん」という嘲笑が耳許できとれた。

大森の知人から「宿が見つかるまでなら置いてやってもいい」という返事をもらうと、彼は必死になって上京の準備をした。転入禁止も封鎖も大変な障碍物だった。それをどう乗越えていいのか、てんで成算もなかったが、唯めくら滅法に現在いる処から脱出しようとした。

「荷造なんか、あんた自分でおやんなさい」村の運送屋は冷然と彼の嘆願を拒もうとした。

「荷を預っておいても集団強盗が来るから駄目ですよ。持って帰って下さい」駅の運送屋は漸くの思いで運んで来た荷を突返そうとした。

広島発東京行の列車なら席があるだろうと思って、彼がその朝、広島駅のホームで緊張しながら待っていると、その列車は急に大竹からの復員列車になっていた。どの昇降口の扉も固く鎖ざされ、乗るものを拒もうとしていた。彼は夢中で走り廻り、漸く昇降口の一隅に身を滑り込ますことが出来た。滅茶苦茶の汽車だったが、横浜で省線に乗替えると、彼は窓の外を珍しげに眺めていた。焼けているとはいっても、広島の荒廃とはちがっているのだった。

東京へ来たその日から彼は何かそわそわしたものに憑かれていた。三田の学校を訪れようと思って省線に乗ると、隙間のない車内はぐいぐいと人の肩が胸を押して来た。大混乱の電車は故障のため品川で降ろされてしまった。ホームにはどっと人が真黒に溢れてしまった。へとへとに疲れながら彼は身内に何か奮然としたものを呼びおこされた。次の電車で田町に降りた時には、熱湯からあがったように全身がすーっとしていた。それから三田の学校にO先生を訪ねたのだが不在だったので、彼はすぐまた電車でひきかえした。帰りの電車も物凄い混雑だ。ふと、すぐ側にいるジャンパーの男が、滑らかな口調で、乗りものの混乱を罵倒しだした。彼は珍しげに眺めた。その男の顔は敗戦の陽気さを湛えていて、人間と人間とが滅茶苦茶に摩擦し合う映画のなかの俳優か何かのようにおもえた。

翌日、彼は目白の方へO先生の自宅を探して行った。焼跡と焼けていないところが頻りに彼の興味を惹いていたが、O先生の宅も無事に残っている一郭にあった。静かな庭に面した書斎には、ぎっしりと書棚に本が詰まっている。こうした落着いた部屋を眺めるのも実に彼には久振りであった。

「教師の口ならあるかもしれない。そのかわりサラリーはてんでお話になりませんよ」

O先生は気の毒げに彼を眺めていたが、「広島にいた方がよかったかもしれんね」と呟いた。

それから二三日して、三田の学校へO先生を訪ねて行くと、その時も先生は不在だった。まだ転入のとれない彼はひどく不安定な気分だったが、ふと新橋行の切符を買うと、銀座へ行ってみる気になった。……来てみるとそこは柳の新緑と人波と飾窓が柔かい陽光のなかに渦巻いている。飾窓の銀皿に盛られた真紅な苺が彼をハッとさせた。どの飾窓からも、彼の昔の記憶にあるものや、今新しく見るものがチラチラしていた。彼はふらふらとデパートに入るとスピード籤を引く人の列に加わっていた。まるで家出した田舎娘のような気持だった。これはどうしたことなのだろう、いったい、これからどうなるのだろう、と彼は人混のなかで見失いそうになる自分を怪しんだ。

文化学院に知人を訪ねようと思って、大森駅から省線に乗ると、その朝は珍しく席がゆっくりしていた。だが、次の駅でどかどかとプラッカードを抱えた一群が乗込んで来ると、車内は異様な空気に満たされた。「三菱の婿、幣原を倒せ」そんな文字の読みとられるプラッカードは電車の天井の方へ捧げられ、窓から吹込む風にハタハタと飜っている。背広を着た若い男が小さな紙片を覗き込みながら、インターナショナルを歌っている。爽やかな風が絶えず窓から吹込み、電車は快適な速度に乗っていた。新しい人間はあのなかにいるのだろうか……彼も何となしに晴々した気持にされそうであった。お茶の水駅で電車を降りると、焼けていない街が眼の前にあった。彼はまた浮々とした気分ですぐその方へ吸込まれそうになった。だが、不意と転入のことが気になりだすと、急に目白のO先生を訪ねようと思った。彼は駅に引返すと目白行の切符を求めた。

三田の学校の夜間部へ彼が就職できたのは、それから二週間位後のことであった。ある夕方、そこの運動場で入場式が行われると、新入生はぞろぞろと電燈の点いている廊下に集まり彼を取囲んだ。声をはりあげて彼は時間割を読んできかせねばならなかった。

翌日から出勤が始まった。大森から田町まで、夕方の物凄い電車が彼を揉みくちゃにするのだった。彼は「交通地獄に関するノート」を書きだした。……長らく彼を脅かしていた転入のことも就職とともに間もなく許可になった。が、こんどは食糧危機が暗い青葉の蔭から、それこそ白い牙を剝いて迫って来るのだった。

雨に濡れた青葉の坂路は、米はなく、菜っぱばかりで満たされた胃袋のように暗澹としていた。三田の学校の石段を昇って行くとき彼の足はふらふらと力なく戦く。教室に入ると、彼は椅子に腰を下ろした儘、なるべく立つことをすまいとする。だが、教科書がないので、いやでも黒板に書いて教えねばならなかった。チョークを使っていると、彼の肩は疼くようにだるかった。

彼は「飢えに関するノート」もとっておこうと思った。だが、飢餓なら、殆ど四六時中彼を苛んでいるので、それは刻々奇怪な幻想となっていた。どこかで死にかかっている老婆の独白が耳にきこえる。どういう訳で、こんな、こんな、ひだるい目にあわねばならないのかしら……食べものに絡まる老婆の哀唱は連綿として尽きないのだった。床屋へ行って、そこの椅子に腰を下ろし、目をとじた瞬間、ふいと彼が昔飼っていた犬の姿が浮かぶ。尻尾を振り振り、ガツガツと残飯に啖いつく犬が自分自身の姿のように痛切であった。

ふと、彼はその頃読んだセルバンテスの短篇から思いついて、「新びいどろ学士」という小説を書こうと考えだした。セルバンテスの「びいどろ学士」は自分の全身が硝子でできていると思い込んでいるので、他からその体に触られることを何よりも恐れている。そのかわり、彼の体を構成している、その精巧微妙な物質のお蔭で、彼の精神は的確敏捷に働き、誰の質問に対しても驚くべき才智の閃きを示して即答できるのであった。たとえば、一人の男が他人を一切羨まない方法はどうしたらいいのかと質問すると、「眠ることだ、眠っている間は、少くとも君は君の羨む相手と同等のはずだからね」と答える。しかし、この不幸な、びいどろ学士は遂に次のような歎声を洩らさねばならなかった。「おお、首府よ、お前は無謀な乱暴者の希望は伸すくせに、臆病な有徳の士の希望を断つのか！　無恥な賭博者どもをゆたかに養うのに、恥を知る真面目な人々を餓死させて顧みないのか！」

彼はこの歎声がひどく気に入ったので、こういう人間を現在の東京へ連れて来たら、どういうことになるのだろうかと想像しだした。その新びいどろ学士は、原子爆弾の衝撃から生れたことにしてもいい。全身硝子でできている男を想像しながら、彼が電車の中で人間攻めに遭っていると、扉のところの硝子が滅茶苦茶に壊れているのが目につく。忽ち新びいどろ学士の興奮状態が描かれるのであった。

　夜学の生徒たちも、腹が空いているとみえて、少しでも早く授業が了るのを喜んだ。学校が退けて、彼が電車で帰る時刻は、どうかすると、買出戻りの群とぶっつかる。その物凄い群の大半は大井町駅で吐出されるが、あとの残りは大森駅の階段を陰々と昇って行く。真黒な大きな袋の群は改札口で揉み合いながら、往来へあふれ、石段の路へぞろぞろと続いて行く。「こういう光景をどう思うか」と、あるとき彼は新びいどろ学士を顧みて質問してみたが、相手は何とも答えてくれないのであった。……ある時も大森駅のホームで、等身大の袋を担おうとして、ぺたんと腰をコンクリートの上に据えながら、身を反り返している女を見かけた。彼はその女が立上れるかどうか、はらはらして眺めていたが、うまく起上ったので、「あれは何という物凄い力なのだろう」と、彼は彼の新びいどろ学士に話しかけてみた。が、やはり何とも答えてくれないのであった。

　ある日、彼は文化学院に知人を訪ねて行ったが、恰度外出中だったので、暫く待っていようと思って、あたりをぶらついていると、講堂のところに何か催しがあるらしく大勢の人が集まっていた。彼は階段を昇って、その講堂が見下ろせるところにやって来た。すると、そこには下の光景を眺めるために集まっている連中がいたので、彼もその儘そこへとどまっていた。下の講堂では芸術家らしい連中が卓を囲んでビールを飲んでいた。そして、ステージでは今、奇妙な男女の対話が演じられていた。その訳のわからない芝居が終ると、今度は唖のような少年がステージにぽつんと突立っていた。

「この弟は天才ピアニストですが、そのかわり一寸した浮世の刺戟にもこの男のメカニズムはバラバラになるのです」

紹介者がこんなことを云いだしたので、おやおや、新びいどろ学士がいるのかな、と彼は思った。やがて、ピアノは淋しげに鳴りだしたが、場内はひどく騒然としていた。

「即興詩を発表します、題は祖国。祖国よ、祖国よ、祖国なんかなあんでえ」誰かがこんなことを喚いていた。そのうちに、レコードが鳴りだすと、みんな立上って、ダンスをやりだした。

「おーい、みんな降りて来い」下から誰かが声をかけると、彼の周囲にいた連中はみんな講堂の方へ行きだした。彼もついふらふらと何気なくその連中の後につづいた。そこはもう散会前の混雑に満たされていたが、彼がぼんやり片隅に立っていると、「飲み給え」と見識らぬ男がコップを差向けた。……何だか彼は既に酩酊気味だった。気がつくと、人々はぞろぞろと廊下の方へ散じていた。彼が廊下の方へ出て行くと、左右の廊下からふらふらと同じような恰好で現れて来た二人の青年が、すぐ彼の目の前で突然ふらふらと組みつこうとした。間髪を入れず、誰かがその二人を引きわけた。廊下の曲角には血が流されていて、粉砕された硝子の破片が足許にあった。酔ぱらいがまだどこかで喚いていた。殺気とも、新奇とも、酩酊ともつかぬ、ここの気分に迷いながら、どうして、ふらふらと、こんな場所にいるのか訳がわからなくなるのだったが、それはその儘、「新びいどろ学士」のなかに出て来る一情景のように想われだした。

冷え冷えと陰気な雨が降続いたり、狂暴な南風の日が多かった。ある日、ＤＤＴの缶を持った男がやって来ると、彼の狭い部屋を白い粉だらけにして行った。それは忽ち彼を噎びそうにさせた。それでなくても彼はよくものにむせたり、烈しく咳込んでいた。咳はもう久しい間とれなかった。彼は一度、健康診断をしてもらおうと思ったが、いま病気だと云われたら、それこそどうしようもなかった。

が、とうとう思いきって、ある日、信濃町の病院を訪れた。するとまた、彼のなかから新びいどろ学士が目をひらいて、あたりを観察するのだった。その焼残った別館の内科診察室の狭い廊下には昼間も電燈が点いていて、ぞろぞろと人足は絶えなかった。彼が椅子に腰を下ろして順番を待っていると、扉のところへ出て来た高等学校の学生と医者とがふと目についた。その学生は、先日文化学院で見たピアノを弾く少年とどこか類似点があったが、見るからに生気がなく、今にもぶっ倒れそうな姿だった。

「電車などに乗ってやって来るには及びません。家へ帰って夜具の上に寝ていなさい。窓を開け放して、安静にしていることです。充分な栄養と、それから、しゃんとした気持で、決して決して、悲観しないことです」

医者が静かに諭すと、その青年は「はあ、はあ」と弱く頷いている。ふと彼は病死した妻のことが思い出されて堪らなく哀れであった。だが、彼の順番がやって来ると、彼はまた新びいどろ学士にかえっていた。

「前からそんなに痩せていたのですか」と、医者は彼の裸体に触りながら訊ねた。

「食糧がないから痩せたのです」彼はあたりまえのことを返事したつもりだったが、それは何か抗議しているようでもあった。見ると今、彼を診察している医者は、配給がなくても、とにかく艶々した顔色だった。

血沈の検査が済むと、彼は白血球——原子爆弾の影響で白血球が激減している場合もあるから一度診察してもらう必要は前からあったのだ——を検べてもらうことになった。彼は窓際のベッドに寝かされ、医者は彼の耳から血を採ろうとした。メスで耳の端を引掻き廻すのに、血はなかなか出て来なかった。「おかしいな、どうしたのかしら」と医者は小首を捻っている。硝子の耳だから血は出ないのだろう——と彼は空々しいことを考えていた。だが、あおのけになっている彼の眼には、窓硝子越しに楓の青葉が暗く美しく戦いていた。それはもし病気を宣告された場合、彼がとり得る、残されている、たった一つの手段を暗示しているようだった。……病院を出ると、彼は外苑の方へふらふらと歩いて行った。強い陽光と吹き狂う風が青葉を揺り煽っていた。それに、あたりのベンチはみんな無惨に壊されていた。

　彼が二度目にそこの病院を訪れると、医者は先日の結果を教えてくれた。血沈は三十、白血球の数は四千——これはやはりかなりの減少ではあったが——差当って心配はなかろうというのであった。

「まあ、用心しながらやって行くのですな」そう云われると、彼は吻(ほっ)として、それから彼の新びいどろ学士も忽ち元気を恢復していた。だが、体がふらふらして、頭が茫としていることは前と変りなかった……。「とてもいま書きたくてうずうずしているのだが……」と、彼はある日、若い友人を顧みて云った。「ものを書くだけの体力がないのだ。二週間でいいから飢えた気持を忘れて暮せたら……何しろ罹災以来ずっと飢えとおしなのだからね」

　彼とその友とはお茶の水駅のホームに立っていた。電車が発着するすれすれのところに、片足は靴で片足は草履で、十歳位の蓬髪の子供がぼんやり腰を下ろして蹲っている。

「あんな子供もいるのだからね」と彼は若い友を顧みて呟いたが、雑沓する人々は殆どそんなものには気をとられていないのであった。

狂気の沙汰は募る。——と彼はその頃、ノートに書込んだ。電車の混乱は暑さとともに一層猛烈を加え、屋根に匐い上る人間、連結機から吹出す焔、白ずぼんに血を滲ませている男、そういう光景を毎日目撃した。そうして、彼は車中では、

〈饑饉ノ烈シキ熱気ニヨリテワレラノ皮膚ハ炉ノゴトク熱シ〉

といふ言葉を思い泛べていた。

休暇になって、電車に乗る用がなくなると、漸く彼ものびのびした気持だった。が、今度は硝子一重の狭い部屋に容赦なく差込む暑い光がどうにもならなかった。新びいどろ学士は蒸殺しになりそうな板の上で昼寝と読書の一夏をすごした。夜あけになると、奇怪な咳が彼の咽喉を襲った。そうして、漸く爽やかな秋風も訪れて来た頃、銭湯の秤で目方を測ってみると、彼の体重は実に九貫目しかなかったのである。

あるとき彼は思い屈して、大森駅の方へ出る坂路をとぼとぼと歩いていた。ふと、電柱に貼られた「衣類高価買入」という紙片が彼の目についた。気をつけてみると、その札は殆どどの電柱にも貼ってあった。急に彼は行李の底にある紋附の着物を思い出した。それは昔彼が結婚式のとき着用した品だったが、たまたま疎開させておいたので助かっていたのだ。次

の日、彼はその紋附の着物を風呂敷に包むと、金融通帳を持って、はじめてその店を訪れた。金はつぎつぎに彼を苦しめていた。彼は蔵書の大半を焼失していたが、残っている本を小刻みに古本屋へ運ぶのであった。

書物と別れるのは流石につらかった。だが、今はただ生きて行けさえすればいいのだ、と彼は自分を説得しようとした。だが、朝目が覚めるたびに、何ともいえぬ絶望が喰いついていた。「ははん、『新びいどろ学士』か、嗤わせるない。もうお前さんの底は見えて来たわい」と、まっ黒のぬたぬた坊主の嘲笑がきこえた。

夕刻五時半からの勤めなのに、彼は三時頃から部屋を出て、よくとぼとぼと歩き廻った。晩秋の日が沈んでゆく一刻一刻の変化が涙をさそうばかりに心に迫ることがあった。夕ぐれの教室の窓から、下に見える枯木や、天の一方に吹寄せられている棚雲に三日月が懸っていて、靄のなかに人懐げに灯が蠢いている、そうした、何でもない眺めがふと彼を慰めた。心を潤おすもの、心を潤おすもの、彼はしきりに今それを求めていた。ある日、思いついて、上野の博物館へ行ってみた。だが博物館は休みだったので、広小路の方へぶらぶら歩いて行くと、石段のところに、赤ん坊を抱えた女がごろんと横臥しているのだった。

それはもう霜を含んだ空気がすぐ枕頭の窓硝子に迫っていたからであろうか、朝の固い寝床で、彼は何か心をかきむしられる郷愁につき落されていた。人の世を離れたところにある、高原の澄みきった空や、その空に見える雪の峰が頻りと想像されるのだった。すると、昔みたセガンティニの絵がふと思い出された。あの絵ならたしか倉敷に行けば見られるはずだった。ふと、彼は倉敷の妹のことも思い浮べると、無性にそこへ行ってみたくなった。そこの一家だけが、彼の身内では運よく罹災を免がれているのだった。

広島からの便りでは、焼跡に建てたバラックは、まだ建具が整わず、そこで棲めるようになるのは年末頃だろう、と云って来た。彼もその頃、旅に出掛けたいと思いだした。旅費にあてるために、大島の袷をとり出した。こうして年末の旅を目論んでいると、石炭不足のため列車八割削減という記事が新聞に出た。その新聞もタブロイド版に縮小されていた。また行手を塞ごうとする障碍物が現れて来たのだが、石炭が足りなくて汽車を減らすということは、何か人を慄然とさすのだった。だが、彼はどうしても旅に出たいと思った。切符を手に入れるため夜明前から交通公社の前に立った。汽車に乗るためには六時間ホームで待っていなければならなかった。

……混濁した空気の夜が明けると、窓の外には清冽な水や青い山脈が見えていた。倉敷駅で下車すると、彼ははじめて、静かな街にやって来たような気持で、あたりの空気を貪るように吸った。妹の家はすぐ駅の近くにあった。彼はその家の座敷に腰を下ろすと、久振りに畳の上に坐れる自分を懐しくおもった。松の樹や苔の生えた石の見える、何でもない、ささやかな庭も彼の眼には珍しかったが、長らく見なかったうちに、姪たちはすくすくと伸びているのだった。まだ国民学校の三年だというのに、木綿絣のずぼんを穿いている背の高い姪は女学生のように可憐だった。

「諸人　こぞりて　讃えまつれ　久しく待ちにし……」と、その姪は幼稚園へ行っている妹と一緒に縁側で歌った。

「誰にそんな歌教えてもらった」と彼はたずねてみた。

「お母さんよ、この、ひさあしいくう……というところがとてもいいわね」

翌日、彼が大原コレクションを見て、家に戻って来ると、小さな姪が配給で貰った五つの飴玉のその一つを差出して、

「おじさん、あげましょう」と云う。

「ありがとう、おじさんはいいから、あなた食べなさい」

そう云うと、この小さな児は円い眼を大きく見ひらいて何だか不満そうな顔だった。

「配給を分けてあげたい折角の心づくしだから、もらっておきなさい」と妹は側から彼に口

を添えた。

……彼はその翌日、また汽車に乗っていた。夕刻広島へ着く頃になると、雨がポチポチ降りだした。駅の広場からすぐバラックの雑沓がつづいていた。彼は橋を渡り、両側にぎっしり立並ぶ小さな新しい平屋建のごたごたした店を見すごしながら路を急いだ。その次の橋を渡ると、そこからはバラックも疎(まば)らで、まだあまり街の形をなしていなかった。道路からひどく引込んだ空地に、小さな家が見えて来た。

彼はその家に近寄って、表札を確かめると、すぐ玄関の戸を開けようとした。だが、戸は鎖していて、内には人がいるのかいないのか、声をかけてみても反応がなかった。まだ、廿日市から引越してはいなかったのかしら、それにしても今日はもう大晦日だというのに、どうしたことかしら……と、彼は家のまわりの焼跡の畑を見ながら、ぐるりと縁側の方へ廻ってみた。すると、そこには雑然と荷物が取りちらかされていて、その間に立働いている甥たちの姿が見えた。漸くその日、荷物を運んで来たばかりのところだった。

翌朝、彼は原子爆弾に逢う前訪ねて以来、まだその後一度も行ったことのない妻の墓を訪れようと思って外に出た。その寺へ行く路の方にもだいぶ家の建っているのが目についた。墓地は綺麗に残っていて、寺の焼跡にはバラックの御堂が建っていた。

彼はぶらぶらと、昔、賑やかな街だった方向へ歩いて行った。その昔の繁華街は、やはり今度もその辺から賑わって行くらしく、書店、銀行、喫茶店などが立並ぼうとしていた。軒ばかり揃って、まだ開かれていない、マーケットもあった。彼はその辺に、八幡村の次兄がバラックを建てている筈なので、その家を探すと、次兄の書いたらしい表札はすぐ目についたが、表戸は鎖されていた。横の小路から這入れそうなところを探すと、風呂場のところが開いていた。家のうちはまだ障子も襖もなく、毛布やカーテンが張りめぐらされていた。薄暗い狭い部屋には荷物が散乱し、汚れた簡単服を着た痩せ細った小さな姪や、黝ずんだ顔の甥たちがゴソゴソしていた。窶(やつ)れ顔の次兄は置炬燵の上に頤を乗せ、

「ここでは正月もへちまもないさ」と呟いていた。ここでは、彼にも罹災当時の惨澹とした印象が甦りそうであった。

彼はその家を辞すと、川口町の姉を訪れてみた。縁側の方から声をかけると、部屋の隅でミシンを踏んでいた姉は忙しそうな身振りで振向いた。それからミシンのところを離れると、

「とっと、とっと、と働くのでさあ。だが、まあ今日はお正月だから少し休みましょう」と笑いながら、火鉢の前に坐った。

「兄さんたちは、それはそれはみんな大奮闘でしたよ。とっと、とっと、と働いて、あんなふうにバラック建てたのです」

姉はそんなことを喋りだした。それは以前、彼に、「どうするつもりなの、うかうかして

いる場合ではないよ」と忠告した調子と似ていた。……彼が東京で、まだ落着く所も定まらず、ふらふらと途方に暮れているうちに、兄たちは、とにかく、その家族まで容れることのできる家を建てたのであった。

彼は長兄の家に二三日滞在していた。八畳、六畳、三畳、台所、風呂場――これだけのこぢんまりした家だったが、以前近所にいた人が訪ねて来ると、嫂は、「とにかく便利にできていて、落着けそうですよ」と云っていた。この家にくらべれば焼ける前の家はまるで御殿のようであったが、その家を「こんな、だだっ広い家では掃除に日が暮れてどうにもならない」と嫂はよく苦情云っていたのだ。嫂の顔は何となく重荷をおろしたような表情で、それは彼に母が亡くなった頃の顔を連想させた。疎開以来、他人の家を間借していたので、嫂も気兼の多い暮しだったのだろう。

「これは、そこの畑にできたのですよ」と嫂は食卓の京菜を指した。家のまわりの荒地は耕されて、菜園となっていたが、庭のあとの池はまだそのまま残っていた。土蔵のあった場所は石で囲まれて、一段と高くなっていたが、そこも畑にされていた。昔、彼が二階の窓から、樹木や家屋の混り合った向うに眺めていた山が、今は何の遮るものもなく、あからさまに見渡せた。長兄は物置の方の荷を整理したり、何か用事を見つけながら、絶えず働いていた。

慌しい旅を畢えて、東京へ戻って来ると、彼の部屋はしーんとして冷え返っていた。火の気のない一冬が始まるのだった。あんまり寒いときは彼は夜具にくるまって寝込んだ。彼は震えながら、こんどの旅のことを回想していた。どういうわけか倉敷の二人の姪の姿が心を温めてくれるようであった。

「諸人、こぞりて……」という歌が彼の耳についた。あの小さな姪たちが、素直に生長して、やがて、立派な愛人を得て、美しいクリスマスの晩を迎えるとき、……そういう夢がふと頭をかすめるのであった。

# 鎮魂歌

美しい言葉や念想が殆ど絶え間なく流れてゆく。深い空の雲のきれ目から湧いて出てこちらに飛込んでゆく。僕はもう何年間眠らなかったのかしら。僕の眼は突張って僕の唇は乾いている。息をするのもひだるいような、このふらふらの空間は、ここもたしかに宇宙のなかなのだろうか。かすかに僕のなかには宇宙に存在するものなら大概ありそうな気がしてくる。だから僕が何年間も眠らないでいることも宇宙に存在するかすかな出来事のような気がする。僕は人間というものをどのように考えているのか、そんなことをあんまり考えているうちに僕はとうとう眠れなくなったようだ。僕の眼は突張って僕の唇は乾いている、息をするのもひだるいような、このふらふらの空間は……。

僕は気をはっきりと持ちたい。僕は僕をはっきりとたしかめたい。僕の胃袋に一粒の米粒もなかったとき、僕の胃袋は透きとおって、青葉の坂路を歩くひょろひょろの僕が見えていた。あのとき僕はあれを人間だとおもった。自分のために生きるな、死んだ人たちの嘆きのためにだけ生きよ、僕は自分に操返し操返し云いきかせた。それは僕の息づかいや涙と同じようになっていた。僕の眼の奥に涙が溜ったとき焼跡は優しくふるえて霧に覆われた。僕は霧の彼方の空にお前を見たとおもった。僕は歩いた。僕の足は僕を支えた。人間の足。驚くべきは人間の足なのだ。廃墟にむかって、ぞろぞろと人間の足は歩いた。その足は人間を支えて、人間はたえず何かを持運んだ。少しずつ、少しずつ人間は人間の家を建てて行った。

人間の足。僕はあのとき傷ついた兵隊を肩に支えて歩いた。兵隊の足はもう一歩も歩けないから捨てて行ってくれと僕に訴えた。疲れはてた朝だった。橋の上を生存者のリヤカーがいくつも威勢よく通っていた。世の中にまだ朝が存在しているのを僕は知った。僕は兵隊をそこに残して歩いて行った。僕の足。突然頭上に暗黒が滑り墜ちた瞬間、僕の足はよろめきながら、僕を支えてくれた。僕の足。僕の足。僕のこの足。恐しい日々だった。滅茶苦茶の時だった。僕の足は火の上を走り廻った。水際を走りまわった。悲しい路を歩きつづけた。ひだるい長い路を歩きつづけた。真暗な長いびだるい悲しい夜の路を歩きとおした。生きるために歩きつづけた。生きてゆくことができるのかしらと僕は星空にむかって訊ねてみた。自分のために生きるな、死んだ人たちの嘆きのためにだけ生きよ。僕を生かしておいてくれるのはお前たちの嘆きだ。僕を歩かせてゆくのも死んだ人たちの嘆きだ。お前たちは星だった。お前たちは花だった。久しい久しい昔から僕が知っているものだった。僕は歩いた。僕の足は僕を支えた。僕の眼の奥に涙が溜るとき、僕は人間の眼がこちらを見るのを感じる。
人間の眼。あのとき、細い細い糸のように細い眼が僕を見た。まっ黒にまっ黒にふくれ上った顔に眼は絹糸のように細かった。河原にずらりと並んでいる異形の重傷者の眼が、傷ついていない人間を不思議そうに振りむいて眺めた。不思議そうに、何もかも不思議そうな、ふらふらの、揺れかえる、揺れかえった後の、また揺れかえりの、おそろしいものに視入(みい)っている眼だ。水のなかに浸って死んでいる子供の眼はガラス玉のようにパッと水のなかで見ひらいていた。両手も両足もパッと水のなかに拡げて、大きな頭の大きな顔の悲しげな子供だった。まるでそこに捨てられた死の標本のように子供は河淵に横わっていた。それから死の標本はいたるところに現れて来た。

人間の死体。あれはほんとうに人間の死骸だったのだろうか。むくむくと動きだしそうになる手足や、絶対者にむかって投げ出された胴、痙攣して天を摑もうとする指……。光線に突刺された首や、喰いしばって白くのぞく歯や、盛りあがって喰みだす内臓や……。一瞬に引裂かれ、一瞬にむかって挑もうとする無数のリズム……。うつ伏せに溝に墜ちたものや、横むきにあおのけに、焼け爛れた奈落の底に、墜ちて来た奈落の深みに、それらは悲しげにみんな天を眺めているのだった。

人間の屍体。それは生存者の足もとにごろごろと現れて来た。それらは僕の足に絡みつくようだった。僕は歩くたびに、もはやからみつくものから離れられなかった。僕は焼けのこった東京の街の爽やかな鈴懸の朝の鋪道を歩いた。鈴懸は朝ごとに僕の眼をみどりに染め、僕の眼は涼しげなひとの眼にそそいだ。僕の眼は朝ごとに花の咲く野山のけはいをおもい、僕の耳は朝ごとにうれしげな小鳥の声にゆれた。自分のために生きるな、死んだ人たちの嘆きのためにだけ生きよ。僕を生かして僕を感動させるものがあるなら、それはみなお前たちの嘆きのせいだ。僕のなかで鳴りひびく鈴、僕は鈴の音にききとれていたのだが……。

だが、このふらふらの揺れかえる、揺れかえった後の、また揺れかえりの、ふらふらの、今もふらふらと揺れかえる、この空間は僕にとって何だったのか。めらめらと燃えあがり、燃え畢った後の、また燃えなおしの、めらめらの、今も僕を追ってくる、この執拗な焔は僕にとって何だったのか。僕は汽車から振落されそうになる。僕は電車のなかで押つぶされそうになる。僕は部屋を持たない。部屋は僕を拒む。僕は押されて振落されて、さまよっている。さまよっている。さまよっているのが人間なのか。人間の観念と一緒に僕はさまよっている。

人間の観念。それが僕を振落し僕を拒み僕を押つぶし僕をさまよわし僕に喰らいつく。僕が昔僕であったとき、僕がこれから僕であろうとするとき、僕は僕にピシピシと叩かれる。僕のなかにある僕の装置。人間のなかにある不可知の装置。人間の核心。人間の観念。観念人間。洪水のように汎濫する言葉と人間。群衆のように雑沓する言葉と言葉。言葉。言葉。僕は僕のなかにある ESSAY ON MAN の言葉をふりかえる。
死について　死は僕を生長させた
愛について　愛は僕を持続させた
孤独について　孤独は僕を僕にした
狂気について　狂気は僕を苦しめた
情欲について　情欲は僕を眩惑させた
バランスについて　僕の聖女はバランスだ
夢について　夢は僕の一切だ
神について　神は僕を沈黙させる
役人について　役人は僕を憂鬱にした
花について　花は僕の姉妹たち
涙について　涙は僕を呼びもどす
笑について　僕はみごとな笑がもちたい
戦争について　ああ戦争は人間を破滅させる

殆ど絶え間なしに妖しげな言葉や念想が流れてゆく。僕は流されて、押し流されてへとへとになっているらしい。僕は何年間もう眠れないのかしら。僕の眼は突張って、僕の空間は揺れている。息をするのもひだるいような、このふらふらの空間に……。ふと、揺れている空間に白堊（はくあ）の大きな殿堂が見えて来る。僕はふらふらと近づいてゆく。まるで天空のなかをくぐっているように……。大きな白堊の殿堂が僕に近づく。僕は殿堂の門に近づく。天空のなかから浮き出てくるように、殿堂の門が僕に近づく。僕はオベリスクに刻（ほ）られた文字を眺める。僕は驚く。僕は呟く。

## 原子爆弾記念館

僕はふらふら階段を昇ってゆく。僕は驚く。僕は呟く。僕は訝る。階段は一歩一歩僕を誘い、廊下はひっそりと僕を内側へ導く。ここは、これは、ここは、これは……僕はふと空漠としたものに戸惑っている。コトコトと靴音がして案内人が現れる。彼は黙って扉を押すと、僕を一室に導く。僕は黙って彼の後についてゆく。ガラス張りの大きな函の前に彼は立留る。函の中には何も存在していない。僕は眼鏡と聴音器の連結された奇妙なマスクを頭から被せられる。彼は函の側にあるスイッチを静かに捻る。……突然、原爆直前の広島市の全景が見えて来た。

……突然、すべてが実際の現象として僕に迫って来た。これはもう函の中に存在する出来事ではなさそうだった。僕は青ざめる。飛行機はもう来ていた。見えている。雲のなかにかすかな爆音がする。僕は僕を探す。僕はいた。僕はあの家のあそこに……。あのときと同じように僕はいた。僕の眼は街の中の、屋根の下の、路の上の、あらゆる人々の、あの時の位置をことごとく走り廻る。僕は叫ぶ。（厭らしい装置だ。あらゆる空間的角度からあらゆる空間現象を透視し、あらゆる時間的速度であらゆる時間的進行を展開さす呪うべき装置だ。恥ずべき詭計だ。何のために、何のために、僕にあれをもう一度叩きつけようとするのだ！）

僕は叫ぶ。僕の眼に広島上空に閃く光が見える。光はゆるゆると夢のように悠然と伸び拡る。あッと思うと光はさッと速度を増している。が、再び瞬間が細分割されるように光はゆるゆるとためらいがちに進んでゆく。突然、光はさッと地上に飛びつく。地上の一切がさッと変形される。街は変形された。が、今、家屋の倒壊がゆるゆると再びある夢のような速度で進行を繰返している。僕は僕を探す。僕はいた。あそこに……。僕は僕に動顛する。僕は僕に叫ぶ。（虚妄だ。妄想だ。僕はここにいる。僕はあちら側にいない。僕はここにいる。僕はあちら側にはいない）僕は苦しさにバタバタし、顔のマスクを捥ぎとろうとする。

と、あのとき僕の頭上に墜ちて来た真暗な塊りのなかの藻掻きが僕の捥ぎとろうとするマスクと同じだ。僕はうめく。僕はよろよろと倒れそうになる。倒れまいとする。と、真暗な塊りのなかで、うめく僕と倒れまいとする僕と……。僕はマスクを捥ぎとろうとする。バタバタとあばれまわる。……スイッチはとめられた。やがて案内人は僕の顔からマスクをはずしてくれる。僕は打ちのめされたようにぐったりしている。案内人は僕をソファのところへ連れて行ってくれる。僕はソファの上にぐったり横わる。

〈ソファの上での思考と回想〉

僕はここにいる。僕はあちら側にはいない。ここにいる。ここにいる。ここにいる。ここにいるのだ。ここにいるのが僕だ。ああ、しかし、どうして、僕は僕にそれを叫ばねばならないのか。今、僕の横わっているソファは少しずつ僕を慰め、僕にとって、ふと安らかな思考のソファとなってくる。……僕はここにいる。僕は向側にはいない。僕はここにいる。ああ、しかし、どうしてまだ僕はそれを叫びたくなるのか。

……ふと、僕はK病院のソファに横わってガラス窓の向うに見える楓の若葉を見たときのことをおもいだす。あのとき僕は病気だと云われたら無一文の僕は自殺するよりほかに方法はなかったのだが……。あのとき僕は窓ガラスの向側の美しく戦く若葉のなかに、僕はいたのではなかったかしら。その若葉のなかには死んだお前の目なざしや嘆きがまざまざと残っているようにおもえた。……僕はもっとはっきりおもいだす。ある日、お前が眺めていた庭の若竹の陽ざしのゆらぎや、僕が眺めていたお前のかおつきを……。僕は僕の向側にもいる。僕は僕の向側にもいる。お前は生きていた。アパートの狭い一室で僕はお前の側にぼんやり坐っていた。美しい五月の静かな昼だった。鏡があった。お前の側には鏡があった。鏡に窓の外の若葉が少し映っていた。僕は鏡に映っている窓の外のほんの少しばかし見える青葉に、ふと、制し難い郷愁が湧いた。「もっともっと青葉が一ぱい一ぱい見える世界に行ってみないか。今すぐ、今すぐに」お前は僕の突飛すぎる調子に微笑した。が、もうお前もすぐキラキラした迸るばかりのものに誘われていた。軽い浮々したあふるるばかりのものが湧いた。一人の人間に一つの調子が湧くとき、すぐもう一人の人間にその調子がひびいてゆくこと、僕がふと考えているのはこのことなのだろうか。

　僕はもっとはっきり思い出せそうだ。僕は僕の向側にいる。鏡があった。あれは僕が僕というものに気づきだした最初のことかもしれなかった。僕は鏡のなかにいた。僕の顔は鏡のなかにあった。鏡のなかには僕の後の若葉があった。ふと僕は鏡の奥の奥のその奥にある空間に迷い込んでゆくような疼きをおぼえた。あれは迷い子の郷愁なのだろうか。僕は地上の迷い子だったのだろうか。そうだ、僕はもっとはっきり思い出せそうだ。

僕は僕の向側にいた。子供の僕ははっきりと、それに気づいたのではなかった。が、子供の僕は、しかしやはり振り墜(おと)されている人間ではなかったのだろうか。安らかな、穏やかな、殆ど何の脅迫の光線も届かぬ場所に安置されている僕がふとどうにもならぬ不安に駆りたてられていた。そこから奈落はすぐ足もとにあった。無限の墜落感が……。あんな子供のときから僕の核心にあったもの、……僕がしきりと考えているのはこのことだろうか。僕はもっとはっきり思い出せそうだ。

　僕は僕の向側にいる。樹木があった。僕は樹木の側に立って向側を眺めていた。向側にも樹木があった。あれは僕が僕というものの向側を眺めようとしだす最初の頃かもしれなかった。少年の僕は向側にある樹木の向側に幻の人間を見た。今にも嵐になりそうな空の下を悲痛に叩きつけられた巨人が歩いていた。その人の額には人類のすべての不幸、人間のすべての悲惨が刻みつけられていたが、その人はなお昂然と歩いていた。獅子の鬣(たてがみ)のように怒った髪、鷲の眼のように鋭い目、その人は昂然と歩いていた。少年の僕は幻の人間を仰ぎ見ては訴えていた。僕は弱い、僕は弱い、僕は僕はこんなに弱いと。そうだ、僕はもっとはっきり思い出さなければならない。僕は弱い、僕は弱い、僕は弱いという声がするようだ。今も僕のなかで、僕のなかで、その声が……。自分のために生きるな、死んだ人たちの嘆きのためにだけ生きよ。僕のなかでまたもう一つの声がきこえてくる。

僕はソファを立上る。僕は歩きだす。案内人は何処へ行ったのかもう姿が見えない。僕はひとりで、陳列戸棚の前を茫然と歩いている。僕はもうこの記念館のなかの陳列戸棚を好奇心で覗き見る気は起らない。僕の想像を絶したものが既に発明され此処に陳列してあるとしても、はたしてこれは僕の想像を絶したものであろうか。そのものが既に発明されて此処に陳列してあること、陳列されてあること、陳列してあるということ、そのことだけが僕の想像を絶したことなのだ。僕は憂鬱になる。僕は悲惨になる。自分で自分を処理できない狂気のように、それらは僕を苦しめる。僕はひとり暗然と歩き廻って、自分の独白にきき入る。泉。泉。泉こそは……

そうだ、泉こそはかすかに、かすかな救いだったのかもしれない。重傷者の来て呑む泉。つぎつぎに火傷者の来て呑む泉。僕はあの泉あるため、あの凄惨な時間のなかにも、かすかな救いがあったのではないか。泉。泉。泉こそは……。その救いの幻想はやがて僕に飢餓が迫って来たとき、天上の泉に投影された。僕はくらくらと目くるめきそうなとき、空の彼方にある、とわの泉が見えて来たようだ。それから夜……宿なしの僕はかくれたところにあって湧きやめない、とわの泉のありかをおもった。泉。泉。泉こそは……。

僕はいつのまにか記念館の外に出て、ふらふら歩き廻っている。群衆は僕の眼の前をぞろぞろと歩いているのだ。群衆はあのときから絶えず地上に汎濫しているようだ。僕は雑沓のなかをふらふら歩いて行く。僕はふらふら歩き廻っている。僕にとって、僕のまわりを通りこす人々はまるで纏りのない僕の念想のようだ。僕の頭のなか、僕の習癖のなか、いつのまにか、纏りのない群衆が氾濫している。僕はふと群衆のなかに伊作の顔を見つけて呼びとめようとする。だが伊作は群衆のなかに消え失せてしまう。ふと、僕の眼にお絹の顔が見えてくる。僕が声をかけようとしていると彼女もまた群衆のなかに紛れ失せている。僕は茫然とする。そうだ、僕はもっとはっきり思い出したい。あれは群衆なのだろうか。僕の念想なのだろうか。ふと声がする。

〈僕の頭の軟弱地帯〉　僕は書物を読む。書物の言葉は群衆のように僕のなかに汎濫してゆく。僕は小説を考える。小説の人間は群衆のように僕のなかに汎濫してゆく。僕は人間と出逢う。実在の人間が小説のようにしか僕のものと連結されない。無数の人間の思考・習癖・表情それらが群衆のようにぞろぞろと歩き廻る。バラバラの地帯は崩れ墜ちそうだ。

〈僕の頭の湿地帯〉　僕は寝そびれて鶏の声に脅迫されている。魂の疵を掻きむしり、掻きむしり、僕は僕に呻吟してゆく。この仮想は僕なのだろうか。この罪ははたして僕なのだろうか。僕は空転する。僕の核心は青ざめる。めそめそとしたものが、割りきれないものが、皮膚と神経に滲みだす。空間は張り裂けそうになる。僕はたまらなくなる。どうしても僕はこの世には生存してゆけそうにない。逃げ出したいのだ。何処かへ、何処か山の奥に隠れて、ひとりで泣き暮したいのだ。ひとりで、死ぬる日まで、死ぬる日まで。
〈僕の頭の高原地帯〉僕は突然、生存の歓喜にうち顫える。生きること、生きていること、
小鳥が毎朝、泉で水を浴びて甦るように、僕のなかの単純なもの、素朴なもの、それだけが、
ただ、僕を爽やかにしてくれる。
〈僕の頭の……〉
〈僕の頭の……〉
〈僕の頭の……〉
僕には僕の歌声があるようだ。だが、僕は伊作を探しているのだ。伊作も僕を探している
のだ。それから僕はお絹を探しているのだ。お絹も僕を探そうとする。僕は伊作を知っている。
僕はお絹を知っている。しかし伊作もお絹も僕の幻想、僕の乱れがちのイメージ、僕の向側
にあるもの、僕のこちら側にあるもの……。ふと声がしだした。伊作の声が僕にきこえた。

〈伊作の声〉

世界は割れていた。僕は探していた。何かをいつも探していたのだ。廃墟の上にはぞろぞ
ろと人間が毎日歩き廻った。人間はぞろぞろと歩き廻って何かを探していたのだろうか。新

しく截りとられた宇宙の傷口のように、廃墟はギラギラ光っていた。巨きな虚無の痙攣は停止したまま空間に残っていた。崩壊した物質の堆積の下や、割れたコンクリートの窪みには死の異臭が罩(こも)っていた。真昼は底ぬけに明るくて悲しかった。白い大きな雲がキラキラと光って漾(ただよ)った。朝は静けさゆえに恐しくて悲しかった。その廃墟を遠くからとりまく山脈や島山がぼんやりと目ざめていた。夕方は迫ってくるもののために佗しく底冷えていた。夜は茫々として苦悩する夢魔の姿だった。人肉を啖(くら)いはじめた犬や、新しい狂人や、疵だらけの人間たちが夢魔に似て彷徨していた。すべてが新しい夢魔に似た現象なのだろうか。廃墟の上には毎日人間がぞろぞろと歩き廻った。人間が歩き廻ることによって、そこは少しずつ人間の足あとと祈りが印されて行くのだろうか。僕も群衆のなかを歩き廻っていたのだ。復員して戻ったばかりの僕は惨劇の日をこの目で見たのではなかった。だが、惨劇の跡の人々からきく悲話や、戦慄すべき現象はまだそこここに残っていた。一瞬の閃光で激変する人間、宇宙の深底に潜む不可知なもの……僕に迫って来るものはてしなく巨大なもののようだった。だが、僕は揺すぶられ、鞭打たれ、燃え上り、塞(せ)きとめられていた。家は焼け失せていたが、父母と弟たちは廃墟の外にある小さな町に移住していた。復員して戻ったばかりの僕は、父母の許で、何か忽ち塞きとめられている自分を見つけた。今は人間が烈しく喰いちがうことによって、すべてが塞きとめられている時なのだろうか。だが、僕は昔から、殆どもの心ついたばかりの頃から、揺すぶられ、鞭打たれ、燃え上り、塞きとめられていたような記憶がする。僕は突抜けてゆきたくなるのだ。僕は廃墟の方をうろうろ歩く。僕の顔は何かわからぬものを嚇と内側に叩きつけている顔になっている。人間の眼はどぎつく空間を撲りつける眼になっている。のぞみのない人間と人間の反射が、ますますその眼つきを荒っぽくさせているのだろうか。めらめらの火や、噴きあげる血や、捩がれた腕や、死狂う唇や、糜爛の死体や、それらはあった、それらはあった、人々の眼のなかにまだ消え失せてはいなかった。鉄筋の残骸や崩れ墜ちた煉瓦や無数の破片や焼け残って天を引裂こうとする樹木は僕のすぐ眼の前にあった。世界は割れていた。割れていた、恐しく割れていた。だが、僕は探していたのだ。何かはっきりしないものを探していた。どこか遠くにあって、かすかに僕を慰めていたようなもの、何だかわからないとらえどころのないもの、消えてしまって記憶の内側にしかないもの、しかし空間から再びふと浮び出しそうなもの、記憶の内側にさえないが、嘗てたしかにあったとおもえるもの、僕はぼんやり考えていた。

世界は割れていた。恐しく割れていた。だが、まだ僕の世界は割れてはいなかったのだ。まだ僕は一瞬の閃光を見たのではなかった。僕はまだ一瞬の閃光に打たれたのではなかった。だが、とうとう僕の世界にも一瞬の大混乱がやって来た。そのときまで僕は何にも知らなかった。その時から僕の過去は転覆してしまった。その時から僕の記憶は曖昧になった。その時から僕の思考は錯乱して行った。知らないでもいいことを知ってしまったのだ。僕は知らなかった僕に驚き、僕は知ってしまった僕に引裂かれる。僕は知ってしまったのだ。僕は知ってしまったのだ。僕の母が僕を生んだ母とは異(ちが)っていたことを……。突然、知らされてしまったのだ。突然?……だが、その時まで僕はやはりぼんやり探していたのかもしれなかった。叔父の葬式のときだった。壁の落ち柱の歪んだ家にみんなは集っていた。そのなかに僕は人懐こそうな婦人をみつけた。前に一度、僕が兵隊に行くとき駅までやって来て黙ったまま見送ってくれた婦人だった。僕は何となく惹きつけられていた。叔父の死骸が戸板に乗せられて焼場へ運ばれて行く時だった。僕はその婦人とその婦人の夫と三人で人々から遅れがちに歩いていた。その婦人も婦人の夫も僕は何となく心惹かれたが、僕は何となく遠い親戚だろう位に思っていた。突然、婦人の夫が僕に云った。

「君ももう知っているのだね、お母さんの異うことを」

不思議なこととは思ったが、僕は何気なく頷いた。何気なく頷いたが、僕は閃光に打たれてしまっていたのだ。それから僕はザワザワした。揺れうごくものがもう鎮まらなかった。それから間もなく僕の探求が始った。僕はその人たちの家をはじめてこっそり訪ねて行った。山の麓にその人たちの仮寓はあった。それから僕は全部わかった。あの婦人は僕の伯母、死んだ僕の母の姉だったのだ。僕の母は僕が三つの時死んでいる。僕の父は僕の母を死ぬる前に離婚している。事情はこみ入っていたのだが、そのため僕には全部今迄隠されていた。僕は死んだ母の写真を見せてもらった。僕には記憶がなかったが……。僕の父もその母と一緒に僕と三人で撮っている。僕には記憶はなかったが……。僕は目かくしされて、ぐるぐる廻されていたのだった。長い間あまりに長い間、僕ひとり、僕ひとり。……僕の目かくしはとれた。こんどは僕のまわりがぐるぐる廻った。僕もぐるぐる廻りだした。

僕のなかには大きな風穴が開いて何かがぐるぐると廻転して行った。何かわけのわからぬものが僕のなかで僕を廻転させて行った。僕は廃墟の上を歩きながら、これは僕ではないと思う。だが、廃墟の上を歩いている僕は、これが僕だ、これが僕だと僕に押しつけてくる。僕はここではじめて廃墟の上でたった今生れた人間のような気がしてくる。僕は吹き晒しだ。吹き晒しの裸身が僕だったのか。わかるか、わかるかと僕に押しつけてくる。それで、僕はわかるような気がする。子供のとき僕は何かのはずみですとんと真暗な底へ突落されている。何かのはずみで僕は全世界が僕の前から消え失せている。ガタガタと僕の核心は青ざめて、僕は真赤な号泣をつづける。だが、誰も救ってはくれないのだ。僕はつらかった。僕は悲しかった、死よりも堪えがたい時間だった。僕は真暗な底から自分で這い上らねばならない。僕は這い上った。そして、もう堕ちたくはなかった。だが、そこへ僕をまた突落そうとする何かのはずみはいつも僕のすぐ眼の前にチラついて見えた。僕はそわそわして落着がなかった。いつも誰かの顔色をうかがった。いつも誰かから突落されそうな気がした。突落されたくなかった。堕ちたくなかった。僕は人の顔を人の顔ばかりをよく眺めた。彼等は僕を受け容れ、拒み、僕を隔てていた。人間の顔面に張られている一枚の精巧複雑透明な硝子……あれは僕には僕なりにわかっていたつもりなのだが。

おお、一枚の精巧複雑透明な硝子よ。あれは僕と僕の父の間に、僕と僕の継母の間に、それから、すべての親戚と僕との間に、すべての世間と僕との間に、張られていた人間関係だったのか。人間関係のすべての瞬間に潜んでいる怪物、僕はそれが怕くなったのだろうか。僕はそれが口惜しくなったのだろうか。僕にはよくわからない。僕はもっともっと怕くなるのだ。すべての瞬間に破滅の装填されている宇宙、すべての瞬間に戦慄が潜んでいる宇宙、ジーンとしてそれに耳を澄ませている人間の顔を僕は夢にみたような気がする。僕にとって怕いのは、もう人間関係だけではない。僕を呑もうとするもの、僕を嚙もうとするもの、僕にとってあまりに巨大な不可知なものたち。不可知なものは、それは僕が歩いている廃墟のなかにもある。僕はおもいだす、はじめてこの廃墟を見たとき、あの駅の広場を通り抜けて橋のところまで来て立ちどまったとき、そこから殆ど廃墟の全景が展望されたが、ぺちゃんこにされた廃墟の静けさのなかから、ふと向うから何かわけのわからぬものが叫びだすと、つづいてまた何かわけのわからないものが泣きわめきながら僕の頰へ押しよせて来た。あのわけのわからないものたちは僕を僕を僕のなかでぐるぐると廻転さす。

僕は僕のなかをぐるぐる探し廻る。そうすると、いろんな時のいろんな人間の顔が見えて来る。僕にむかって微笑みかけてくれる顔、僕をちょっと眺める顔、僕に無関心の顔、厚意ある顔、敵意を持つ顔、……だが、それらの顔はすべて僕のなかに日蔭や日向のある、とにかく調和ある静かな田園風景となっている。僕はとにかく、いろんなものと、いろんな糸で結びつけられている。僕はとにかく安定した世界にいるのだ。

ジーンと鋭い耳を刺すような響がする。僕のいる世界は引裂かれてゆく。それらはない、それらはない！　と僕は叫びつづける。それらはみんな飛散ってゆく。破片の速度だけが僕の眼の前にある。それらはない！　それらはない！　僕は叫びつづける。……と、僕を地上に結びつけていた糸がプツリと切れる。こんどは僕が破片になって飛散ってゆく。くらくらとする断崖、感動の底にある谷間、キラキラと燃える樹木、それらは飛散ってゆく僕に青い流れとして映る。僕はない！　僕はない！　僕は叫びつづける。……僕は夢をみているのだろうか。

僕は僕のなかをぐるぐるともっと強烈に探し廻る。突然、僕のなかに無限の青空が見えてくる。それはまるで僕の胸のようにおもえる。僕は昔から眼を見はって僕の前にある青空を眺めなかったか。昔、僕の胸はあの青空を吸収してまだ幼かった。今、僕の胸は固く非常に健やかになっているようだ。たしかに僕の胸は無限の青空のようだ。たしかに僕の胸は無限に突進んで行けそうだ。僕をとりまく世界が割れていて、僕のいる世界が悲惨で、僕を圧倒し僕を破滅に導こうとしても、僕は……。僕は生きて行きたい。僕は生きて行けそうだ。僕は……。そうだ、僕はなりたい、もっともっと違うものに、もっともっと大きなものに……。巨大に巨大に宇宙は膨れ上る。巨大に巨大に……。僕はその巨大な宇宙に飛びついてやりたい。僕の眼のなかには願望が燃え狂う。僕の眼のなかに一切が燃え狂う。

それから僕は恋をしだしたのだろうか。僕は廃墟の片方の入口から片一方の出口まで長い長い広い広いところを歩いて行く。空漠たる沙漠を隔てて、その両側に僕はいる。僕の父母の仮りの宿と僕の伯母の仮りの家と……。伯母の家の方向へ僕が歩いてゆくとき、僕の足どりは軽くなる。僕の眼には何かちらと昔みたことのある美しい着物の模様や、何でもないのにふと僕を悦ばしてくれた小さな品物や、そんなものがふと浮んでくる。そんなものが浮んでくると僕は僕が懐しくなる。伯母とあうたびに、もっと懐しげなものが僕につけ加わってゆく。伯母の云ってくれることなら、伯母の言葉ならみんな僕にとって懐しいのだ。僕は伯母の顔の向側に母をみつけようとしているのかしら。だが、死んだ母の向側には何があるのか。向側よ、向側よ、……ふと何かが僕のなかで鳴りひびきだす。僕は軽くなる。僕は柔かにふくれあがる。涙もろくなる。嘆きやすくなる。嘆き？　今まで知らなかったとても美しい嘆きのようなものが僕を抱き締める。それから何も彼もが美しく見えてくる。嘆き？　靄にふえる廃墟まで美しく嘆く。あ、あれは死んだ人たちの嘆きと僕たちの嘆きがひびきあうからだろうか。嘆き？　嘆き？　僕の人生でたった一つ美しかったのは嘆きなのだろうか？わからない、僕は若いのだ。僕の人生はまだ始ったばかりなのだ。僕はもっと探してみたい。嘆き？　人生でたった一つ美しいのは嘆きなのだろうか。

それから僕は彷徨って行った。僕はやっぱし何かを探しているのだ。僕が死んだ母のことを知ってしまったことは僕の父に知られてしまった。それから間もなく僕は東京へやられた。それから僕は東京を彷徨って行った。東京は僕を彷徨わせて行った。（僕のなかできこえる僕の雑音……。ライターが毀れてしまった。石鹸がない。靴の踵がとれた。時計が狂った。書物が欲しい。ノートがくしゃくしゃだ。僕はくしゃくしゃだ。僕はバラバラだ。書物は僕を理解しない。僕も書物を理解できない。僕は気にかかる。何もかも気にかかる。くだらないものが一杯充満して散乱する僕の全存在、それが一つ一つ気にかかる。教室で誰かが誰かと話をしている。人は僕のことを喋っているのかしら。向側の鋪道を人間が歩いている。あれは僕なのかしら。音楽がきこえてくる。僕は音楽にされてしまっている。下宿の窓の下を下駄の音が走る。走っているのは僕だ。以前のことを思っては駄目だ、こちらは日毎に苦しくなって行く……父の手紙。父の手紙は僕を揺るがす。伊作さん立派になって下さい立派に、……伯母の声だ。その声も僕を揺るがす。みんなどうして生きて行っているのかまるで僕には見当がつかない。みんな人間は木端微塵にされたガラスのようだ。世界は割れている。人類よ、人類よ、人類よ、人類よ。僕は理解できない。僕は結びつけない。僕は揺れている。人類よ、人類よ、僕は理解したい。僕は結びつきたい。僕は生きて行きたい。揺れているのは僕だけなのかしら。いつも僕のなかで何か爆発する音響がする。いつも何かが僕を追いかけてくる。僕は揺すぶられ、鞭打たれ、燃え上り、塞きとめられている。僕はつき抜けて行きたい。どこかへ、どこかへ。）それから僕は東京と広島の間を時々往復しているが、僕の混乱と僕の雑音は増えてゆくばかりなのだ。僕の中学時代からの親しい友人が僕に何にも言わないで、ぷつりと自殺した。僕の世界はまた割れて行った。僕のなかにはまた風穴ができたようだ。風のなかに揺らぐ破片、僕の雑音、僕の人生ははじまったばっかしなのだ。ああ、僕は雑音のかなたに一つの澄みきった歌ごえがききとりたいのだが……。

伊作の声がぷつりと消えた。雑音のなかに一つの澄みきったうたごえ……それをききとりたいと云って伊作の声が消えた。僕はふらふらと歩いている。僕のまわりがふらふらと歩いてくる。群衆のざわめきのなかに、低い、低い、しかし、絶えまなくきこえてくる、悲しい、やわらかい、静かな、嘆くように美しい、小さな小さな囁きにきき入りたいのだが……。やっぱし僕のまわりはざわざわ揺れている。揺れているなかから、ふと声がしだした。お絹の声が僕にきこえた。

〈お絹の声〉

わたしはあの時から何年間夢中で走りつづけていたのかしら。あの時わたしの夫は死んだ。わたしの家は光線で歪んだ。火は近くまで燃えていた。わたしの夫が死んだのを知ったのは三日目のことだった。わたしの息子はわたしと一緒に壕に隠れた。わたしは何が終ったのやら何が始ったのやらわからなかった。火は消えたらしかった。二日目に息子が外の様子を見て戻って来た。ふらふらの青い顔で蹲った。何か嘔吐していた。あんまりひどいので口がけなくなっていたのだ。翌日も息子はまた外に出て街のありさまをたしかめて来た。夫のいた場所では誰も助かっていなかった。あの時からわたしは夢中で走りださねば助からなかった。水道は壊れていた。電灯はつかなかった。雨が、風が吹きまくった。わたしはパタンと倒れそうになる。

足が、足が、足が、倒れそうになるわたしを追越してゆく。またパタンと倒れそうになる。足が、足が、足が、倒れそうになるわたしを追越してゆく。息子は父のネクタイを闇市に持って行って金にかえてもどる。わたしは逢う人ごとに泣ごとを云っておどおどしていた。だがわたしは泣いてはいられなかった。泣いている暇はなかった。おどおどしてはいられなかった。走りつづけなければ、走りつづけなければ……。わたしはせっせとミシンを踏んだ。ありとあらゆる生活の工夫をつづけた。わたしが着想することはわたしにさえ微笑されたが、それでもどうにか通用していた。中学生の息子はわたしを励まし、わたしの助手になってくれた。走りつづけなければ、走りつづけなければ……。わたしは夢のなかでさえそう叫びつづけた。

突然、パタンとわたしは倒れた。わたしはそれからだんだん工夫がきかなくなった。わたしはわたしに迷わされて行った。青い三日月が焼跡の新しい街の上に閃いている夕方だった。わたしがミシン仕事の仕上りをデパートに届けに行く途中だった。わたしは雑沓のなかでわたしの昔の恋人の後姿を見た。そんなはずはなかった。愛人は昔もう死んでいたから。だけどわたしの目に見えるその後姿はわたしの目を離れなかった。わたしはこっそり後からついて歩いた。どこまでも、どこまでも、この世の果ての果てまでも見失うまいとする熱望が突然わたしになにか囁きかけた。そんなはずはなかった。わたしは昔それほど熱狂したおぼえはなかった。わたしはわたしが怕くなりかかった。突然、その後姿がわたしの方を振向いていた。突き刺すような眼なざしで、……ハッと思う瞬間、それはわたしの夫だった。そんなはずはなかった。夫はあのとき死んでしまったのだから。突き刺すような眼なざしに、わたしはざくりと突き刺されてしまっていた。熱い熱いものが背筋を走ると足はワナワナ震え戦いた。人ちがいだ、人ちがいだ、とパッと叫んでわたしは逃げだしたくなる。わたしはそれでも気をとりなおした。わたしを突き刺した眼なざしの男は、次の瞬間、人混みの青い闇に紛れ去っていた。後姿はまだチラついたが……。

人ちがいだ、人ちがいだった、わたしはわたしに安心させようとした。後姿はまだチラついたが……わたしはわたしの眼を信じようとした。わたしはハッキリ眼をあけていたかった。水晶のように澄みわたって見える、そんな視覚をとりもどしたかった。澄みきった水の底に泳ぐ魚の見える、そんな感覚をよびもどしたかった。だけど、わたしはがっかりしたのか、ひどく視力がゆるんでしまった。怕(おそろ)しい怕しいことに出喰わした後の、ゆるんだ視覚がわたしらしかった。わたしはまわりの人混みのゆるい流れにもたれかかるようにして歩いた。後姿はまだチラついたが……。

わたしはそれでも気をとりなおした。人混みのゆるい流れにもたれかかるようにして歩いて、何処へ行くのか迷ってはいなかった。いつものようにデパートの裏口から階段を昇り、そこまで行ったが、ときどき何かがっかりしたものが、わたしのまわりをザラザラ流れる。品物を渡して金を受取ろうとすると、わたしは突然泣けそうになった。金を受取るという、この世間並の、あたりまえの、何でもない行為が、突然わたしを罪人のような気持にさせた。そんな気持になってはいけない、今はよほどどうかしている。わたしはわたしを支えようとした。今はよほどどうかしている、しっかりしていないと、何だか空間がパチンと張裂けてしまう。何気なく礼を云ってその金を受取ると、わたしは一つの危機を脱したような気がしたものだ。それからわたしは急いで歩いた。急がなければ、急がなければ、後から何かが追いかけてくる。わたしは急いで歩いているはずだったが、ときどきぼんやり立どまりそうになった。後姿はまだチラついた。

　家に戻っても落着けなかった。わたしはよほどどうかしている。わたしはよほどどうかしている。今すぐ今すぐしっかりしないと大変なことになりそうだった。わたしはわたしを支えようとした。わたしはわたしに凭(もた)れかかった。ゆるくゆるくゆるんで行く睡い瞼(まぶた)のすぐまのあたりを凄い稲妻がサッと流れた。わたしはうとうと睡りかかるとハッとわたしは弾きかえされた。後姿がまだチラついた。青いわたしの脊髄の闇に……。

　わたしはわたしに迷わされているらしい。わたしはわたしに脅えだしたらしい。何でもないのだ、何でもないのだ、わたしなんかありはしない。昔から昔からわたしはわたしをわたしだと思ったことなんかありはしない。お盆の上にこぼれていた水、あの水の方がわたしらしかった。水、……水、……水、……わたしは水になりたいとおもった。青い蓮の葉の上でコロコロ転んでいる水銀の玉、蜘蛛の巣をつたって走る一滴の水玉、そんな優しい小さなものに、そんな美しい小さなものに、わたしはなれないのかしら。わたしはわたしを宥めようとおもうと、静かな水が眼の前をながれた。静かな水は苔の上をながれる。小川の水が静かに流れる。あっちからもこっちからも川が流れる。白帆が見える。燕が飛んだ。川の水はうれしげに海にむかって走った。海はたっぷりふくらんでいた。たのしかった。うれしそうだった、懐しかった。鷗がヒラヒラ閃いていた。海はひろびろと夢をみているようだった。夢がだんだん仄暗くなったとき、突然、海の上を光線が走った。海は真暗に割れて裂けた。わたしはわたしに弾きかえされた。わたしはわたしにいらだちだした。わたしはわたしだ、どうしてもわたしだ。わたしのほかにわたしなんかありはしない。わたしはわたしに獅噛みつこうとした。わたしは縮んで固くなっていた。小さく小さく出来るだけ小さく、もうこれ以上は小さくなれなかった。もうこれ以上固まれそうになかった。わたしはわたしだ、どうしてもわたしだ。小さな殼の固いかたまり、わたしはわたしを大丈夫だとおもった。とおもった瞬間また光線が来た。わたしは真二つに割られていたようだ。それから後はいろいろのことが前後左右縦横に入乱れて襲って来た。わたしは苦しかった。わたしは悶えた。

　地球の裂け目が見えて来た。それは紅海と印度洋の水が結び衝突し渦巻いている海底だった。ギシギシと海底が割れてゆくのに、陸地の方では何にも知らない。世界はひっそり静まっていた。ヒマラヤ山のお花畑に青い花が月光を吸っていた。そんなに地球は静かだったが、海底の渦はキリキリ舞った。大変なことになる大変なことになったとわたしは叫んだ。わたしの額のなかにギシギシと厭な音がきこえた。わたしは鋏だけでも持って逃げようかとおもった。わたしは予感で張裂けそうだ。それから地球は割れてしまった。濛々と煙が立騰るばかりで、わたしのまわりはひっそりとしていた。煙の隙間に見えて来た空間は鏡のように静かだった。と何か遠くからザワザワと潮騒のようなものが押しよせてくる。騒ぎはだんだん近づいて来た。と目の前にわたしは無数の人間の渦を見た。忽ち渦の両側に絶壁がそそり立った。すると青空は無限の彼方にあった。「世なおしだ！　世なおしだ！」と人間の渦は苦しげに叫びあって押合い犇(ひし)めいている。人間の渦は藻掻きあいながら、みんな天の方へ絶壁を這いのぼろうとする。わたしは絶壁の硬い底の窪みの方にくっついていた。そこにおれば大丈夫だとおもった。が、人間の渦の騒ぎはわたしの方へ拡ってしまった。わたしは押されて押し潰されそうになった。わたしはガクガク動いてゆくものに押されて歩いた。後から後からわたしを小衝いてくるもの、ギシギシギシ動いてゆくものに押されているうち、わたしの硬かった足のうらがふわふわと柔かくなっていた。わたしはふわふわ歩いて行くうちに、ふと気がつくと沙漠のようなところに来ていた。いたるところに水溜りがあった。水溜りは夕方の空の血のような雲を映して燃えていた。やっぱし地球は割れてしまっているのがわかる。水溜りは焼け残った樹木の歯車のような影を映して怒っていた。大きな大きな蝙蝠が悲しげに鳴叫んだ。わたしもだんだん悲しくなった。わたしはだんだん透きとおって来るような気がした。透きとおってゆくような気がするのだけれど、足もとも眼の前も心細く薄暗くなってゆく。どうも、わたしはもう還ってゆくところを失った人間らしかった。わたしは水溜りのほとりに蹲ってしまった。両方の掌で頬をだきしめると、やがて頭をたれて、ひとり静かに泣き耽った。ひっそりと、うっとりと、まるで一生涯の涙があふれ出るように泣いていたのだ。ふと気がつくと、あっちの水溜りでも、こちらの水溜りでも、いたるところの水溜りにひとりずつ誰かが蹲っている。ひっそりと蹲って泣いている。では、あの人たちも、もう還ってゆくところを失った人間なのかしら、ああ、では、やっぱし地球は裂けて割れてしまったのだ。ふと気がつくと、わたしの水溜りのすぐ真下に階段が見えて来た。ずっと下に降りて行けるらしい階段を、わたしはふらふら歩いて行った。仄暗い廊下のようなところに突然、目がくらむような隙間があった。その隙間から薄荷の香りのような微風が吹いてわたしの頬にあたった。見ると、向うには真青な空と赤い煉瓦の塀があった。夾竹桃の花が咲いている。あの塀に添ってわたしは昔わたしの愛人と歩いていたのだ。では、あの学校の建ものはまだ残っていたのかしら。……そんな筈はなかった、あそこらもあの時ちゃんと焼けてしまったのだから。わたしのそばでギザギザと鋏のような声がした。その声でわたしはびっくりして、またふらふら歩いて行った。また隙間が見えて来た。わたしの生れた家の庭さきの井戸が、山吹の花が明るい昼の光に揺れて。……そんな筈はなかった、あそこはすっかり焼けてしまったのだから。またギザギザの鋏の声でわたしはびっくりしていた。また隙間が見えて来る。仄暗い廊下のようなところははてしなくつづいた。……それからわたしはまたぞろぞろ動くものに押されて歩いていた。わたしは腰を下ろしたかった。腰を下ろして何か食べようとしていた。すると急に何かぱたんとわたしのなかで滑り墜ちるものがあった。わたしは素直に立上って、ぞろぞろ動くものに随いておとなしく歩いた。そうしていれば、そうしていれば、わたしはどうにかわたしにもどって来そうだった。みんな人間はぞろぞろ動いてゆくようだった。その足音がわたしの耳には絶え間なしにきこえる。無数に交錯する足音についてわたしの耳はぼんやり歩き廻る。足音、足音、どうしてわたしは足音ばかりがそんなに懐しいのか。人がざわざわ歩き廻って人が一ぱい群れ集っている場所の無数の足音が、わたしそのもののようにおもえてきた。わたしの眼には人間の姿は殆ど見えなくなった。影のようなものばかりが動いているのだ。影のようなものばかりのなかに、無数の足音が、……それだけわたしをぞくぞくさせる。足音、足音、どうしてもわたしは足音が恋しくてならない。わたしはぞろぞろ動くものについて歩いた。そうしていると、そうしているうちに、わたしはわたしにもどって来そうだった。ある日わたしはぼんやりわたしにもどって来かかった。わたしの息子がスケッチを見せてくれた。息子が描いた川の上流のスケッチだった。わたしはわたしに息子がいたのを、ふと気がついた。わたしはわたしに迷わされてはいけなかったのだ。わたしにはまだ息子がいたのだ。突然わたしは不思議にほんとに息子は生きているのかしら。あれもやっぱし影ではないのか。わたしはハッと逃げ出したくなった。わたしは跣で歩き廻った。ぞろぞろ動くものに押されて、ザワザワ揺れるものに揺られて、影のようなものばかりが動いているなかをひとりふらふら歩き廻った。そうしていれば、そうしている方がやっぱしわたしはわたしらしかった。わたしの袖を息子がとらえた。「お母さん帰りましょう、家へ」……家へ？　まだ還るところがあったのかしら。わたしはそれでも素直になった。わたしはわたしに迷わされまい。わたしにはまだ息子がいるのだ。それだのに何かパタンとわたしのなかに滑り墜ちるものがある。と、すぐわたしはまた歩きたくなるのだ。足音、足音、……無数にきこえる足音がわたしを誘った。わたしはそのなかに何かやさしげな低い歌ごえをきく。わたしはそのなかを歩き廻っている。そうしていると足音がわたしのなかを歩き廻る。わたしはときどき立どまる。わたしにはまだ息子があるのだ。わたしにはまだわたしがあるのだ。それからまたふらふら歩きまわる。わたしにはもうわたしはない、歩いている、歩いている、歩いているものばっかしだ。

お絹の声がぷつりと消えた。僕はふらふら歩き廻っている。僕のまわりを通り越す群衆が僕には僕の影のようにおもえる。僕は僕を探しまわっているのか。僕は僕に迷わされているのか。僕は伊作ではない。僕はお絹ではない。僕ではない。伊作もお絹も突離された人間なのか。伊作の人生はまだこれから始ったばかりなのだ。お絹にはまだ息子があるのだ。そして僕には、僕には既に何もないのだろうか。僕は僕のなかに何を探し何を迷おうとするのか。

地球の割れ目か、夢の裂け目なのだろうか。夢の裂け目?……そうだ。僕はたしかにおもい出せる。僕のなかに浮んで来て僕を引裂きそうな、あの不思議な割れ目を。僕は惨劇の後、何度かあの夢をみている。崩れた庭に残っている青い水を湛えた池の底なしの貌つきを。それは僕のなかにあるような気もする。それから突然ギョッとしてしまう、骨身に泌みるばかりの冷やりとしたものに。……僕は還るところを失ってしまった人間なのだろうか。……自分のために生きるな、死んだ人たちの嘆きのために生きよ。僕は僕のなかに嘆きを生きるのか。

隣人よ、隣人よ、死んでしまった隣人たちよ。僕はあの時満潮の水に押流されてゆく人の叫声をきいた。僕は水に飛込んで一人は救いあげることができた。青ざめた唇の脅えきった少女は微かに僕に礼を云って立去った。押流されている人々の叫びはまだまだ僕の耳にきこえた。僕はしかしもうあのとき水に飛込んで行くことができなかった。……隣人よ、隣人よ。そうだ、君もまた僕にとって数時間の隣人だった。片手片足を光線で捩がれ、もがきもがき土の上に横わっていた男よ。僕が僕の指で君の唇に胡瓜の一片を差あたえたとき、君の唇のわななきは、あんな悲しいわななきがこの世にあるのか。……ある。たしかにある。……隣人よ、隣人よ、黒くふくれ上り、赤くひき裂かれた隣人たちよ。そのわななきよ。死悶えて行った無数の隣人たちよ。おんみたちの無数の知られざる死は、おんみたちの無限の嘆きは、天にとどいて行ったのだろうか。わからない、僕にはそれがまだはっきりとわからないのだ。僕にわかるのは僕がおんみたちの無数の死を目の前に見る前に、既に、その一年前に、一つの死をはっきり見ていたことだ。

その一つの死は天にとどいて行ったのだろうか。わからない、わからない、それも僕にはわからないのだ。僕にはっきりわかるのは、僕がその一つの嘆きにつらぬかれていたことだけだ。そして僕は生き残った。お前は僕の声をきくか。

僕をつらぬくものは僕をつらぬけ。僕をつらぬくものは僕をつらぬけ。一つの嘆きよ、僕をつらぬけ。無数の嘆きよ、僕をつらぬけ。僕はここにいる。僕はこちら側にいる。僕はここにいない。僕は向側にいる。僕は僕の嘆きを生きる。僕は突離された人間だ。僕は歩いている。僕は還るところを失った人間だ。僕のまわりを歩いている人間……あれは僕 で は な い。

僕はお前と死別れたとき、これから既に僕の苦役が始ると知っていた。僕は家を畳んだ。

広島へ戻った。あの惨劇がやって来た。飢餓がつづいた。東京へ出て来た。再び飢餓がつづいた。生存は拒まれつづけた。苦役ははてしなかった。何のために何のための苦役なのか。わからない、僕にはわからない、僕にはわからないのだ。だが、僕のなかで一つの声がこう叫びまわる。

僕は堪えよ、堪えてゆくことばかりに堪えよ。僕を引裂くすべてのものに、身の毛のよ立つものに、死の叫びに堪えよ。それからもっともっと堪えてゆけよ、フラフラの病いに、飢えのうめきに、魔のごとく忍びよる霧に、涙をそそのかすすべての優しげな予感に、すべての還って来ない幻たちに……。僕は堪えよ、堪えてゆくことばかりに堪えよ、最後まで堪えよ、身と自らを引裂く錯乱に、骨身を突刺す寂寥に、まさに死のごとき消滅感にも……。それからもっともっと堪えてゆけよ、一つの瞬間のなかに閃く永遠のイメージにも、雲のかなたの美しき嘆きにも……。

お前の死は僕を震駭させた。病苦はあのとき家の棟をゆすぶった。お前の堪えていたものの巨きさが僕の胸を押潰した。

おんみたちの死は僕を戦慄させた。死狂う声と声とはふるさとの夜の河原に木霊しあった。

河原ノミズガ
血ニ染メラレテ　ミチアフレ
声ノカギリヲ
チカラノアリッタケヲ
オ母サン　オカアサン
断末魔ノカミツク声
ソノ声ガ
コチラノ堤ヲノボロウトシテ
ムコウノ岸ニ　ニゲウセテユキ

それらの声はどこへ逃げうせて行っただろうか。おんみたちの背負わされていたギリギリの苦悩は消えうせたのだろうか。僕はふらふら歩き廻っている。僕のまわりを歩き廻っている無数の群衆は……僕ではない。僕ではない。僕ではない。僕ではなかったそれらの声はほんとうに消え失せて行ったのか。それらの声は戻ってくる。僕に戻ってくる。それらの声が担っていたものの荘厳さが僕の胸を押潰す。戻ってくる、戻ってくる、いろんな声が僕の耳に戻ってくる。

アア　オ母サン　オ父サン　早ク夜ガアケナイノカシラ

窪地で死悶えていた女学生の祈りが僕に戻ってくる。

兵隊サン　兵隊サン　助ケテ

鳥居の下で反転している火傷娘の真赤な泣声が僕に戻ってくる。

アア　誰カ僕ヲ助ケテ下サイ　看護婦サン　先生

真黒な口をひらいて、きれぎれに弱々しく訴えている青年の声が僕に戻ってくる、戻ってくる、戻ってくる、さまざまの嘆きの声のなかから、

ああ、つらい　つらい

と、お前の最後の声が僕のなかできこえてくる。そうだ、僕は今漸くわかりかけて来た。僕がいつ頃から眠れなくなったのか、何年間僕が眠らないでいるのか。……あの頃から僕は人間の声の何ごともない音色のなかにも、ふと断末魔の音色がきこえた。面白そうに笑いあっている人間の声の下から、ジーンと胸を潰すものがひびいて来た。何ごともない普通の人間の顔の単純な姿のなかにも、すぐ死の痙攣や生の割れ目が見えだして来た。いたるところに、あらゆる瞬間にそれらはあった。人間一人一人の核心のなかに灼きつけられていた。人間の一人一人からいつでも無数の危機や魂の惨劇が飛出しそうになった。それらはあった。それらはあった。それらはあった。それらはあった。それらはきびしく僕に立ちむかって来た。僕はそのために圧潰されそうになっているのだ。僕は僕に訊ねる。救いはないのか、救いはないのか。だが、僕にはわからないのだ。僕は僕の眼を捩ぎとりたい。僕は僕の耳を截り捨てたい。だが、それらはあった、それらはあった、僕は錯乱しているのだろうか。僕のまわりをぞろぞろ歩き廻っている人間……あれは僕ではない。僕ではない。だが、それらはあった。それらはあった。僕の頭のなかを歩き廻っている群衆……あれは僕ではない。僕ではない。だが、それらはあった、それらはあった。

　それらはあった。それらはあった。と、ふと僕のなかで、お前の声がきこえてくる。昔から昔から、それらはあった、と……。そうだ、僕はもっともっとはっきり憶い出せて来た。

お前は僕のなかに、それらを視つめていたのか。僕もお前のなかに、それらを視ていたのではなかったか。救いはないのか、救いはないのか、と僕たちは昔から叫びあっていたのだろうか。それだけが、僕たちの生きていた記憶ではなかったのか。だが救いは。僕にはやはりわからないのだ。お前は救われたのだろうか。僕にはわからない。僕にわかるのは救いを求める嘆きのなかに僕たちがいたということだけだ。そして僕はいる、今もいる、その嘆きのなかにつらぬかれて生き残っている。そしてお前はいる、今もいる、恐らくはその嘆きのかなたに……。

救いはない、救いはない、と、ふと僕のなかで誰かの声がする。僕はおどろく。その声は君か、友よ、友よ、遠方の友よ、その声は君なのか。忽ち僕の眼のまえに若い日の君のイメージは甦る。交響楽を、交響楽を人類の大シンフォニーを夢みていた友よ。人間が人間とぴたりと結びつき、魂が魂と抱きあい、歓喜が歓喜を煽りかえす日を夢みていた友よ。あの人類の大劇場の昂まりゆく波のイメージは……。だが（救いはない、救いはない）と友は僕に呼びつづける。（沈んでゆく、沈んでゆく、一切は地下に沈んでゆく。それすら無感覚のわれわれに今救いはないのだ。一つの魂を救済することは一つの全生涯を破滅させても今は出来ない。奈落だ、奈落だ、今はすべてが奈落なのだ。今はこの奈落の底を見とどけることに僕は僕の眼を磨ぐばかりだ）友よ、友よ、遠方の友よ、かなしい友よ、不思議な友よ。堪えて、

堪えて、堪え抜いている友よ。救いはないのか、救いはないのか。……僕はふらふら歩き廻る。やっぱし歩き廻っているのか。僕のまわりを歩きまわっている群衆。僕の頭のなかの群衆。やっぱし僕は雑沓のなかをふらふら歩いているのか。雑沓のなかから、また一つの声がきこえてくる。ゆるいゆるい声が僕に話しかける。

〈ゆるいゆるい声〉

……僕はあのときパッと剝ぎとられたと思った。それからのこのこと外へ出て行ったが、剝ぎとられた後がザワザワ揺れていた。いろんな部分から火や血や人間の屍が噴き出ていて、僕をびっくりさせたが、僕は剝ぎとられたほかの部分から何か爽やかなものや新しい芽が吹き出しそうな気がした。僕は医やされそうな気がした。僕は僕のなかに開かれたものを持って生きて行けそうだった。それで僕はそこを離れると遠い他国へ出かけて行った。ところが僕を見る他国の人間の眼は僕のなかに生き残りの人間しか見てくれなかった。まるで僕は地獄から脱走した男だったのだろうか。人は僕のなかに死にわめく人間の姿をしか見てくれなかった。「生き残り、生き残り」と人々は僕のことを罵った。まるで何かわるい病気を背負っているものを見るような眼つきで。このことにばかり興味をもって見られる男でしかないかのように。それから僕の窮乏は底をついて行った。他国の掟はきびしすぎた。不幸な人間に爽やかな予感は許されないのだろうか……。だが、僕のなかの爽やかな予感はどうなったのか。僕はそれが無性に気にかかる。毎日毎日が重く僕にのしかかり、僕のまわりはだらだらと過ぎて行くばかりだった。僕は僕のなかから突然爽やかなものが跳ねだしそうになる。だが、だらだらと日はすぎてゆく。……僕のなかの爽やかなものは、……だが、だらだらと日はすぎてゆく。僕のなかの、だが、だらだらと、僕の背は僕の背負っているものでだんだん屈（かが）められてゆく。

〈またもう一つのゆるい声が〉

……僕はあれを悪夢にたとえていたが、時間がたつに随って、僕が実際みる夢の方は何だかひどく気の抜けたもののようになっていた。たとえば夢ではあのときの街の屋根がゆるいゆるい速度で傾いて崩れてゆくのだ。空には青い青い茫とした光線がある。この妖しげな夢の風景には恐怖などと云うより、もっともっとどうにもならぬ郷愁が喰らいついてしまっているようなのだ。それから、あの日あの河原にずらりと並んでいた物凄い重傷者の裸体群像にしたところで、まるで小さな洞窟のなかにぎっしり詰め込められている不思議と可憐な粘土細工か何かのように夢のなかでは現れてくる。無気味な粘土細工は蠟人形のように色彩までである。そして、時々、無感動に蠢めいている。あれはもう脅迫などではなさそうだ。もっともっとどうにもならぬ無限の距離から、こちら側へ静かにゆるやかに匐い寄ってくる憂愁に似ている。それから、あの焼け失せてしまった家の夢にしたところで、僕の夢のなかでは僕の坐っていた畳のところとか、僕の腰かけていた窓側とかいうものはちょっとも現れて来ず、雨に濡れた庭石の一つとか、縁側の曲り角の朽ちそうになっていた柱とか、もっともっとどうにもならぬ佗しげなものばかりが、ふわふわと地霊のようにしのび寄ってくる。僕と夢とあの惨劇を結びつけているものが、こんなに茫々として気が抜けたものになっているのは、どうしたことなのだろうか。

〈更にもう一つの声がゆるやかに〉

……わたしはたった一人生き残ってアフリカの海岸にたどりついた。わたしひとりが人類の最後の生き残りかとおもうと、わたしの軀はぶるぶると震え、わたしの吐く息の一つ一つがわたしに別れを告げているのがわかる。わたしの視ている刹那刹那がすべてのものの終末かとおもうと、わたしは気が遠くなってゆく。なにもののもうわたしで終り、なにもののももうわたしから始らないのかとおもうと、わたしのなかにすべての慟哭がむらがってくる。わたしの視ている碧い碧い波……あんなに碧い波も、ああ、昔、昔、……人間が視ては何かを感じ何かを考え何かを描いていたのだろうに、……その碧い碧い波ももうわたしの……わたし以前のしのびなきにすぎない。死・愛・孤独・夢……そうした抽象観念ももはやわたしにとって何になろう。わたしの吐く息の一つ一つにすべての記憶はこぼれ墜ち、記号はもはや貯えおくべき場を喪ってゆく。ああ、生命……生命……これが生命あるものの最後の足掻なのだろうか。ああ、生命、生命、……人類の最後の一人が息をひきとるときがこんなに速くこんなに速くもやってきたのかとおもうと、わたしのなかにすべての悔恨がふきあがってくる。なぜに人間は……なぜに人間は……なぜ人間は……ああ、しかし、もうなにもかもとりかえしのつかなくなってしまったことなのだ。わたしひとりではもはやどうにもならない。わたしひとりではもはやどうしようもない。わたしはわたしの吐く息の一つ一つにはっきりとわたしを刻みつけ、まだわたしの生きていることをたしかめているのだろうか。わたしはわたしの吐く息の一つ一つに吸い込まれ、わたしの無くなってゆくことをはっきりとあきらめているのだろうか。ああ、しかし、もうどちらにしても同じことのようだ。

〈更にもう一つの声が〉

……わたしはあのとき殺されかかったのだが、ふと奇蹟的に助かって、ふとリズムを発見したような気がした。リズムはわたしのなかから湧きだすと、わたしの外にあるものがすべてリズムに化してゆくので、わたしは一秒ごとに熱狂しながら、一秒ごとに冷却してゆくような装置になった。わたしは地上に落ちていたヴァイオリンを拾いあげると、それを弾きながら歩いてみたが、わたしの霊感は緊張しながら遅緩し、痙攣しながら流動し、どこへどう伸びてゆくのかわからなくなる。わたしは詩のことも考えてみる。わたしにとって詩は、(詩はわななく指で　みだれ　みだれ　細い文字の　こころのうずき)だが、わたしにとって詩は、(詩は情緒のなかへ崩れ墜ちることではない、きびしい稜角をよじのぼろうとする意志だ)わたしは人波のなかをはてしなくはてしなくさまよっているようだ。わたしが発見したとおもったのは衝動だったのかしら、わたしをさまよわせているのは痙攣なのだろうか。まだわたしは原始時代の無数の痕跡のなかで迷い歩いているようだった。

〈更にもう一つの声が〉

……わたしはあのとき死んでしまったが、ふとどうしたはずみか、また地上によびもどされているようだ。あれから長い長い年月が流れたかとおもうと、青い青い風の外套、白い白い雨の靴……。帽子?　帽子はわたしには似合わなかった。生き残った人間はまたぞろぞろと歩いていた。長い長い年月が流れたかとおもったのに。街の鈴懸は夏らしく輝き、人の装いはいじらしくなっていた。ある日、突然、わたしの歩いている街角でパチンと音と光が炸裂した。雷鳴なのだ。忽ち雨と風がアスファルトの上をザザザと走りまわった。走り狂う白い烈しい雨脚を美しいなとおもってわたしはみとれた。みとれているうちに泣きたくなるほど烈しいものを感じだした。あのなかにこそ、あのなかにこそ、とわたしはあのなかに飛込んでしまいたかった。だが、わたしは雨やどりのため、時計店のなかに這入って行った。ガラスの筒のなかに奇妙な置時計があった。時計の上にくっついている小さな鳥の玩具が一秒毎に向を変えて動いている。わたしはその鳥をぼんやり眺めていると、ふと、望みにやぶれた青年のことがおもいうかんだ。人の世の望みに破れて、こうして、くるくると動く小鳥の玩具をひとりぼんやり眺めている青年のことが……。だが、わたしはどうしてそんなことを考えているのか。わたしも望みに破れた人間らしい。わたしには息子はない、妻もない。わたしは白髪の老教師なのだが。もしわたしに息子があるとすれば、それは沙漠に生き残っている一匹の蜥蜴（とかげ）らしい。わたしはその息子のために、あの置時計を購（か）ってやりたかった。息子がそいつをパタンと地上に叩きつける姿が見たかったのだ。

……………………

声はつぎつぎに僕に話しかける。雑沓のなかから、群衆のなかから、頭のなかから、僕のなかから。どの声もどの声も僕のまわりを歩きまわる。どの声もどの声も救いはないのか、救いはないのかと繰返している。その声は低くゆるく群盲のように僕を押してくる。押してくる。押してくる。そうだ、僕は何年間押されとおしているのか。僕は僕をもっとはっきりたしかめたい。しかし、僕はもう僕を何度も何度もたしかめたはずだ。今の今、僕のなかには何があるのか。救いか？　救いはないのか救いはないのかと僕は僕に回転しているのか。回転して押されているのか。それが僕の救いか。違う。絶対に違う。僕は僕にきっぱりと今云う。僕は僕に飛びついても云う。

……救いはない。

僕は突離された人間だ。還るところを失った人間だ。突離された人間だ。還るところを失った人間に救いはない。

では、僕はこれで全部終ったのか。僕のなかにはもう何もないのか。僕は回転しなくてもいいのか。僕は存在しなくてもいいのか。違う。それも違う。僕は僕に飛びついても云う。

……僕にはある。

僕にはある。僕にはある。僕にはまだ嘆きがあるのだ。僕にはある。僕にはある。僕には一つの嘆きがある。僕にはある。僕にはある。僕には無数の嘆きがある。

一つの嘆きは無数の嘆きと緒びつく。無数の嘆きは一つの嘆きと鳴りひびく。僕は僕に鳴りひびく。鳴りひびく。鳴りひびく。嘆きは僕と結びつく。僕は結びつく。僕は無数と結びつく。鳴りひびく。無数の嘆きは鳴りひびく。鳴りひびく。一つの嘆きは鳴りひびく。鳴りひびく。一つの嘆きは無数のように。結びつく、一つの嘆きは無数のように。一つのように、無数のように。鳴りひびく。結びつく。嘆きは嘆きに鳴りひびく。嘆きのかなた、嘆きのかなた、嘆きのかなたまで、鳴りひびき、結びつき、一つのように、無数のように……。

一つの嘆きよ、僕をつらぬけ。無数の嘆きよ、僕をつらぬけ。僕をつらぬくものは僕をつらぬけ。僕をつらぬくものは僕をつらぬけ。嘆きよ、嘆きよ、僕をつらぬけ……。戻って来た、戻って来た、僕の歌ごえが僕にまた戻って来た。これは僕の錯乱だろうか。これは僕の無限回転だろうか。だが、戻って来るようだ、戻ってくるようだ。何かが今しきりに戻って来るようだ。僕のなかに僕のすべてが。……僕はだんだん爽やかに人心地がついてくるようだ。僕が生活している場がどうやらわかってくるようだ。僕は群衆のなかをさまよい歩いてばかりいるのではないようだ。僕は頭のなかをうろつき歩いてばかりいるのでもないようだ。久しい以前から僕は踏みはずした、ふらふらの宇宙にばかりいるのでもないようだ。久しい以前から、既に久しい以前から鎮魂歌を書こうと思っているようなのだ。鎮魂歌を、鎮魂歌を、僕のなかに戻ってくる鎮魂歌を……。

僕は街角の煙草屋で煙草を買う。僕は突離された人間だ。だが殆ど毎朝のようにここで煙草を買う。僕は煙草をポケットに入れてロータリーを渡る。鋪道を歩いて行く。鋪道にあふれる朝の鎮魂歌……。僕がいつも行く外食食堂の前にはいつものように靴磨屋がいる。鋪道の細い空地には鶏を入れた箱、箱のなかで鶏が動いている。いつものように何もかもある。電車が、自動車が、さまざまの音響が、屋根の上を横切る燕が、通行人が、商店が、いつものように何もかも存在する。僕は還るところを失った人間。だが僕の嘆きは透明になっている。何も彼も存在する。僕でないものの存在が僕のなかに透明に映ってくる。それは僕のなかを突抜けて向側へ翻って行く。向側へ、向側へ、無限の彼方へ、……流れてゆく。なにもかも流れてゆく。素直に静かに、流れてゆくことを気づかないで、いつもいつも流れてゆく。僕のまわりにある無数の雑音、無数の物象、めまぐるしく、めまぐるしく、動きまわるものたち、それらは静かに、それらは素直に、無限のかなたで、ひびきあい、結びつき、流れてゆくことを気づかないで、いつもいつも流れてゆく。書店の飾窓の新刊書、カバンを提げた男、店頭に置かれている鉢植の酸漿(ほおずき)、……あらゆるものが無限のかなたで、ひびきあい、結びつき、ひそかに、ひそかに、もっとも美しい、もっとも優しい囁きのように。僕はいつも行く喫茶店に入り椅子に腰を下ろす。いつもいる少女は、いつものように僕が黙っていても珈琲を運んでくる。僕は剝ぎとられた世界の人間。だが、僕はゆっくり煙草を吸い珈琲を飲む。僕のテーブルの上の花瓶に活けられている白百合の花。僕のまわりの世界は剝ぎとられてはいない。僕のまわりのテーブルの見知らぬ人たちの話声、店の片隅のレコードの音、僕が腰を下ろしている椅子のすぐ後の扉を通過する往来の雑音。自転車のベルの音。剝ぎとられていない懐しい世界が音と形に充満している。それらは僕の方へ流れてくる。僕を突抜けて向側へ移ってゆく。透明な無限の速度で向側へ向側へ無限のかなたへ。剝ぎとられていない世界は生活意欲に充満している。人間のいとなみ、日ごとのいとなみ、いとなみの存在、……それらは音と形に還元されていつも僕のなかを透明に横切る。それらは無限の速度で、静かに素直に、無限のかなたで、ひびきあい、むすびつき、流れてゆく、憧れのようにもっとも激しい憧れのように、祈りのように、もっとも切なる祈りのように。

それから、交叉点にあふれる夕の鎮魂歌……。僕はいつものように濠端を散歩して、静かな、かなしい物語を夢想している。静かな、かなしい物語は靴音のように僕を散歩させてゆく。それから僕はいつものように雑沓の交叉点に出ている。いつものように無数の人間がそわそわ動き廻っている。いつものようにそこには電車を待つ群衆が溢れている。彼等は帰って行くのだ。みんなそれぞれ帰ってゆくらしいのだ。一つの物語を持って。一つ一つ何か懐しいものを持って。僕は還るところを失った人間、剝ぎとられた世界の人間。だが僕は彼等のために祈ることだってできる。僕は祈る。(彼等の死が成長であることを。その愛が持続であることを。彼等が孤独ならぬことを。情欲が眩惑でなく、狂気であまり烈しからぬことを。バランスと夢に恵まれることを。神に見捨てられざることを。彼等の役人が穏かなることを。花に涙ぐむことを。彼等がよく笑いあう日を。戦争の絶滅を。）彼等はみんな僕の眼の前を通り過ぎる。彼等はみんな僕のなかを横切ってゆく。四つ角の破れた立看板の紙が風にくるくる舞っている。それも横切ってゆく。僕のなかを。透明のなかを。無限の速度で憧れのように、祈りのように、静かに、素直に、無限のかなたで、ひびきあうため、結びつくため……。

それから夜。僕のなかでなりひびく夜の歌。

生の深みに、……僕は死の重みを背負いながら生の深みに……。死者よ、死者よ。僕をこの生の深みに沈め導いて行ってくれるのは、おんみたちの嘆きのせいだ。日が日に積み重なり時間が時間と隔たってゆき、遙かなるものは、もう、もの音もしないが、ああ、この生の深みより、あおぎ見る、空間の荘厳さ。幻たちはいる。幻たちは幻たちは嘗て最もあざやかに僕を惹きつけた面影となって僕の祈願にいる。父よ、あなたはいる、縁側の安楽椅子に。母よ、あなたはいる、庭さきの柘榴のほとりに。姉よ、あなたはいる、葡萄棚の下のしたたる朝露のもとに。あんなに美しかった束の間に嘗ての姿をとりもどすかのように、みんな初々しく。

友よ、友よ、君たちはいる、にこやかに新しい書物を抱えながら、涼しい風の電車の吊革にぶらさがりながら、たのしそうに、そんなに爽やかな姿で。

隣人よ、隣人よ、君たちはいる、ゆきずりに僕を一瞬感動させた不動の姿でそんなに悲しく。

そして、妻よ、お前はいる、殆ど僕の見わたすところに、最も近く最も遙かなところまで、最も切なる祈りのように。

死者よ、死者よ、僕を生の深みに沈めてくれるのは……ああ、この生の深みより仰ぎ見るおんみたちの静けさ。

僕は堪えよ、静けさに堪えよ。幻に堪えよ。生の深みに堪えよ。堪えて堪えて堪えてゆくことに堪えよ。一つの嘆きに堪えよ。無数の嘆きに堪えよ。嘆きよ、嘆きよ、僕をつらぬけ。還るところを失った僕をつらぬけ。突き離された世界の僕をつらぬけ。

明日、太陽は再びのぼり花々は地に咲きあふれ、明日、小鳥たちは晴れやかに囀るだろう。地よ、地よ、つねに美しく感動に満ちあふれよ。明日、僕は感動をもってそこを通りすぎるだろう。

（『群像』一九四九年八月号）

# 心願の国

〈一九五一年　武蔵野市〉

夜あけ近く、僕は寝床のなかで小鳥の啼声をきいている。あれは今、この部屋の屋根の上で、僕にむかって啼いているのだ。含み声の優しい鋭い抑揚は美しい予感にふるえているのだ。小鳥たちは時間のなかでも最も微妙な時間を感じとり、それを無邪気に合図しあっているのだろうか。僕は寝床のなかで、くすりと笑う。今にも僕はあの小鳥たちの言葉がわかりそうなのだ。そうだ、もう少しで、もう少しで僕にはあれがわかるかもしれない。……僕がこんど小鳥に生れかわって、小鳥たちの国へ訪ねて行ったとしたら、僕は小鳥たちから、どんな風に迎えられるのだろうか。その時も、僕は幼稚園にはじめて連れて行かれた子供のように、隅っこで指を噛んでいるのだろうか。それとも、世に拗ねた詩人の憂鬱な眼ざしで、あたりをじっと見まわそうとするのだろうか。だが、駄目なんだ。そんなことをしようたって、僕はもう小鳥に生れかわっている。ふと僕は湖水のほとりの森の径で、今は小鳥になっている僕の親しかった者たちと大勢出あう。

「おや、あなたも……」

「あ、君もいたのだね」

寝床のなかで、何かに魅せられたように、僕はこの世ならぬものを考え耽けっている。僕に親しかったものは、僕から亡び去ることはあるまい。死が僕を攫って行く瞬間まで、僕は小鳥のように素直に生きていたいのだが……。


今でも、僕の存在はこなごなに粉砕され、はてしらぬところへ押流されているのだろうか。僕がこの下宿へ移ってからもう一年になるのだが、人間の孤絶感も僕にとっては殆ど底をついてしまったのではないか。僕にはもうこの世で、とりすがれる一つかみの藁屑もない。だから、僕には僕の上にさりげなく覆いかぶさる夜空の星々や、僕とはなれて地上に立っている樹木の姿が、だんだん僕の位置と接近して、やがて僕と入替ってしまいそうなのだ。どんなに僕が今、零落した男であろうと、どんなに僕の核心が冷えきっていようと、あの星々や樹木たちは、もっと、はてしらぬものを湛えて、毅然としているではないか。……僕は自分の星を見つけてしまった。ある夜、吉祥寺駅から下宿までの暗い路上で、ふと頭上の星空を振仰いだとたん、無数の星のなかから、たった一つだけ僕の眼に沁み、僕にむかって頷いていてくれる星があったのだ。それはどういう意味なのだろうか。だが、僕には意味を考える前に大きな感動が僕の眼を熱くしてしまったのだ。

孤絶は空気のなかに溶け込んでしまっているようだ。眼のなかに塵が入って睫毛に涙がたまっていたお前……。指にたった、ささくれを針のさきで、ほぐしてくれた母……。些細な、あまりにも些細な出来事が、誰もいない時期になって、ぽっかりと僕のなかに浮上ってくる。……僕はある朝、歯の夢をみていた。夢のなかで、死んだお前が現れて来た。

「どこが痛いの」

と、お前は指さきで無造作に僕の歯をくるりと撫でた。その指の感触で目がさめ、僕の歯の痛みはとれていたのだ。

うとうとと睡りかかった僕の頭が、一瞬電撃を受けてヂーンと爆発する。がくんと全身が痙攣した後、後は何ごともない静けさなのだ。僕は眼をみひらいて自分の感覚をしらべてみる。どこにも異状はなさそうなのだ。それだのに、さっき、さきほどはどうして、僕の意志を無視して僕を爆発させたのだろうか。あれはどこから来る。あれはどこから来るのだ?だが、僕にはよくわからない。……僕のこの世でなしとげなかった無数のものが、僕のなかに鬱積して爆発するのだろうか。それとも、あの原爆の朝の一瞬の記憶が、今になって僕に飛びかかってくるのだろうか。僕にはよくわからない。僕は広島の惨劇のなかでは、精神に何の異状もなかったとおもう。だが、あの時の衝撃が、僕や僕と同じ被害者たちを、いつかは発狂さそうと、つねにどこかから覘っているのであろうか。

ふと僕はねむれない寝床で、地球を想像する。夜の冷たさはぞくぞくと僕の寝床に侵入してくる。僕の身躰、僕の存在、僕の核心、どうして僕はこんなに冷えきっているのか。僕は僕を生存させている地球に呼びかけてみる。すると地球の姿がぼんやりと僕のなかに浮かぶ。哀れな地球、冷えきった大地よ。だが、それは僕のまだ知らない何億万年後の地球らしい。僕の眼の前には再び仄暗い一塊りの別の地球が浮んでくる。その円球の内側の中核には真赤な火の塊りがとろとろと渦巻いている。あの鎔鉱炉のなかには何が存在するのだろうか。まだ発見されない物質、まだ発想されたことのない神秘、そんなものが混っているのかもしれない。そして、それらが一斉に地表に噴きだすとき、この世は一たいどうなるのだろうか。人々はみな地下の宝庫を夢みているのだろう、破滅か、救済か、何とも知れない未来にむかって……。

だが、人々の一人一人の心の底に静かな泉が鳴りひびいて、人間の存在の一つ一つが何ものによっても粉砕されない時が、そんな調和がいつかは地上に訪れてくるのを、僕は随分昔から夢みていたような気がする。

ここは僕のよく通る踏切なのだが、僕はよくここで遮断機が下りて、しばらく待たされるのだ。電車は西荻窪の方から現れたり、吉祥寺駅の方からやって来る。電車が近づいて来るにしたがって、ここの軌道は上下にはっきりと揺れ動いているのだ。しかし、電車はガーッと全速力でここを通り越す。僕はあの速度に何か胸のすくような気持がするのだ。全速力でこの人生を横切ってゆける人を僕は羨んでいるのかもしれない。だが、僕の眼には、もっと悄然とこの線路に眼をとめている人たちの姿が浮んでくる。人の世の生活に破れて、あがいてもがいても、もうどうにもならない場に突落されている人の影が、いつもこの線路のほとりを彷徨っているようにおもえるのだ。だが、そういうことを思い耽けりながら、この踏切で立ちどまっている僕は、……僕の影もいつとはなしにこの線路のまわりを彷徨っているのではないか。

僕は日没前の街道をゆっくり歩いていたことがある。ふと青空がふしぎに澄み亘って、一ところ貝殻のような青い光を放っている部分があった。僕の眼がわざと、そこを撰んでつかみとったのだろうか。しかし、僕の眼は、その青い光がすっきりと立ならぶ落葉樹の上にふりそそいでいるのを知った。木々はすらりとした姿勢で、今しづかに何ごとかが行われているらしかった。僕の眼が一本のすっきりした木の梢にとまったとき、大きな褐色の枯葉が枝を離れた。枝を離れた朽葉は幹に添ってまっすぐ滑り墜ちて行った。そして根元の地面の朽葉の上に重なりあった。それは殆ど何ものにも喩えようのない微妙な速度だった。梢から地面までの距離のなかで、あの一枚の枯葉は恐らくこの地上のすべてを見さだめていたにちがいない。……いつごろから僕は、地上の眺めの見おさめを考えているのだろう。ある日も僕は一年前僕が住んでいた神田の方へ出掛けて行く。すると見憶えのある書店街の雑沓が僕の前に展がる。僕はそのなかをくぐり抜けて、何か自分の影を探しているのではないか。とあるコンクリートの塀に枯木と枯木の影が淡く溶けあっているのが、僕の眼に映る。あんな淡い、ひっそりとした、おどろきばかりが、僕の眼をおどろかしているのだろうか。

部屋にじっとしていると凍てついてしまいそうなので、外に出かけて行った。昨日降った雪がまだそのまま残っていて、あたりはすっかり見違えるようなのだ。雪の上を歩いているうちに、僕はだんだん心に弾みがついて、身裡が温まってくる。冷んやりとした空気が快く肺に沁みる。(さうだ、あの広島の廃墟の上にはじめて雪が降った日も、僕はこんな風な空気を胸一杯すって心がわくわくしていたものだ。)僕は雪の讃歌をまだ書いていないのに気づいた。スイスの高原の雪のなかを心呆けて、どこまでもどこまでも行けたら、どんなにいいだろう。凍死の美しい幻想が僕をしめつける。僕は喫茶店に入って、煙草を吸いながら、ぼんやりしている。バッハの音楽が隅から流れ、ガラス戸棚のなかにデコレイションケーキが瞬いている。僕がこの世にいなくなっても、僕のような気質の青年がやはり、こんな風にこんな時刻に、ぼんやりと、この世の片隅に坐っていることだろう。僕は喫茶店を出て、また雪の路を歩いて行く。あまり人通りのない路だ。向から跛の青年がとぼとぼと歩いてくる。僕はどうして彼がわざわざこんな雪の日に出歩いているのか、それがじかにわかるようだ。（しっかりやってください）すれちがいざま僕は心のなかで相手にむかって呼びかけている。

我々の心を痛め、我々の咽喉を締めつける一切の悲惨を見せつけられているにもかかわらず、我々は、自らを高めようとする抑圧することのできない本能を持っている。（パスカル）

まだ僕が六つばかりの子供だった、夏の午後のことだ。家の土蔵の石段のところで、僕はひとり遊んでいた。石段の左手には、濃く繁った桜の樹にギラギラと陽の光がもつれていた。陽の光は石段のすぐ側にある山吹の葉にも洩れていた。が、僕の屈んでいる石段の上には、爽やかな空気が流れているのだった。何か僕はうっとりとした気分で、花崗石の上の砂をいじくっていた。ふと僕の掌の近くに一匹の蟻が忙しそうに這って来た。僕は何気なく、それを指で圧えつけた。と、蟻はもう動かなくなっていた。暫くすると、また一匹、蟻がやって来た。僕はまたそれを指で捻り潰していた。蟻はつぎつぎに僕のところへやって来るし、僕はつぎつぎにそれを潰した。だんだん僕の頭の芯は火照り、無我夢中の時間が過ぎて行った。僕は自分が何をしてゐるのか、その時はまるで分らなかった。が、日が暮れて、あたりが薄暗くなってから、急に僕は不思議な幻覚のなかに突落されていた。僕は家のうちにいた。が、僕は自分がどこにいるのか、わからなくなった。ぐるぐると真赤な炎の河が流れ去った。すると、僕のまだ見たこともない奇怪な生きものたちが、薄闇のなかで僕の方を眺め、ひそひそと静かに怨じていた。(あの朧気な地獄絵は、僕がその後、もう一度はっきりと肉眼で見せつけられた広島の地獄の前触れだったのだろうか。)

僕は一人の薄弱で敏感すぎる比類のない子供を書いてみたかった。一ふきの風でへし折られてしまう細い神経のなかには、かえって、みごとな宇宙が潜んでいそうにおもえる。

心のなかで、ほんとうに微笑めることが、一つぐらいはあるのだろうか。やはり、あの少女に対する、ささやかな抒情詩だけが僕を慰めてくれるのかもしれない。U……とはじめて知りあった一昨年の真夏、僕はこの世ならぬ心のわななきをおぼえたのだ。それはもう僕にとって、地上の別離が近づいていること、急に晩年が頭上にすべり落ちてくる予感だった。

いつも僕は全く清らかな気持で、その美しい少女を懐しむことができた。いつも僕はその少女と別れぎわに、雨の中の美しい虹を感じた。それから心のなかで指を組み、ひそかに彼女の幸福を祈ったものだ。

また、暖かいものや、冷たいものの交錯がしきりに感じられて、近づいて来る「春」のきざしが僕を茫然とさせてしまう。この弾みのある、軽い、やさしい、たくみな、天使たちの誘惑には手もなく僕は負けてしまいそうなのだ。花々が一せいに咲き、鳥が歌いだす、眩しい祭典の予感は、一すじの陽の光のなかにも溢れている。すると、なにかそわそわして、じっとしていられないものが、心のなかでゆらぎだす。滅んだふるさとの街の花祭が僕の眼に見えてくる。死んだ母や姉たちの晴着姿がふと僕のなかに浮ぶ。それが今ではまるで娘たちか何かのように可憐な姿におもえてくるのだ。詩や絵や音楽で讃えられている「春」の姿が僕に囁きかけ、僕をくらくらさす。だが、僕はやはり冷んやりしていて、少し悲しいのだ。

あの頃、お前は寝床で訪れてくる「春」の予感にうちふるえていたのにちがいない。死の近づいて来たお前には、すべてが透視され、天の灝気（こうき）はすぐ身近かにあったのではないか。あの頃、お前が病床で夢みていたものは何なのだろうか。

僕は今しきりに夢みる、真昼の麦畑から飛びたって、青く焦げる大空に舞いのぼる雲雀の姿を……。（あれは死んだお前だろうか、それとも僕のイメージだろうか）雲雀は高く高く一直線に全速力で無限に高く高く進んでゆく。そして今はもう昇ってゆくのでも墜ちてゆくのでもない。ただ生命の燃焼がパッと光を放ち、既に生物の限界を脱して、雲雀は一つの流星となっているのだ。（あれは僕ではない。だが、僕の心願の姿にちがいない。一つの生涯がみごとに燃焼し、すべての刹那が美しく充実していたなら……。）

（『群像』一九五一年五月号）

# 原民喜論

右遠俊郎

原民喜は一九五一（昭和二六）年三月十三日の夜、中央線の西荻・吉祥寺間の鉄路に身を横たえ、十七通の遺書を残して、自らの孤独な命を断った。四十五歳であった。それは、文学的にほとんど被爆死に近いものであった、ということができるだろう。なぜなら、彼は終生、広島の惨劇の記憶から逃れることができなかったからである。

原民喜は一九〇五（明治三八）年十一月、広島市幟町に生れている。広島の町を離れたのは一九二四（大正一三）年、十八歳のとき、慶応義塾大学に入学して上京したためである。彼はその頃すでに詩作を始めており、まもなく短篇小説をも書きはじめる。以後、大学を卒業し、結婚してからも、彼は東京およびその近郊に住みながら、詩や小説を書きつづける。

原民喜が再び広島の生家に戻ったのは一九四五（昭和二〇）年の一月。その前年の愛妻貞恵の病死によって、精神と生活の基盤を失った彼は、戦争末期の都会の危機的状況、飢えと空襲におびやかされる暗い世相から、傷心の身を故郷に疎開させたのである。そして、八月六日の被爆である。

その運命的な出会いについて、原民喜のなかに何らかの予感があったのかどうか。学生時代から、「僕の上にかぶさる世界が今にも崩れ墜ちさうになる幻想によく悩まされた」(「夢と人生」)という彼は、少なくとも、「戦争の虚偽」がもたらす一般的な破局の到来を、ある種の「戦慄」とともに予感していたようである。

原民書は「壊滅の序曲」のなかで次のように書いている。

想像を絶した地獄変、しかも、それは一瞬にして捲き起るやうにおもへた。さうすると、彼はやがてこの街とともに滅び失せてしまふのだらうか、それとも、この生れ故郷の末期の姿を見とどけるために彼は立戻つて来たのであらうか。

結果的には、原民喜は「生れ故郷の末期の姿を見とどけ」たのであり、広島の「地獄変」を見たのである。以後彼は、広島の「末期」や「地獄」を見た人間としてしか生きられず、その正確な記録と、内面的な被爆の後遺を表現しつづけるほかなかった。

とはいっても、むろん、原民喜の創作活動ほ被爆以前にないわけではない。結婚して三年目の一九三五（昭和一〇）年には、コント集『焔』を自費出版しているし、その年から愛妻の死を見とどけるまでの十年間、年によって作の多寡はあるものの、主として『三田文学』などによって、短篇小説、小品などを三十数篇発表している。妻の発病と療養、戦争とファシズムの世相を背景に、彼の生活はとかく不如意がちであったとはいえ、彼の人格と文学の最大の理解者であった妻が傍にいることで、不思議に静穏な日々が続き、世間とは疎いながらに、比較的安定した三十代の想念を表現している。

だが、その時代の諸作はいずれも、こぢんまりとしたまとまりを持ち、ときに鋭い感性と自由な想像が現われるとはいいながら、やがて来るべき日の、その個性の充全な発現のための準備と蓄積の試みでしかなかった。いってみれば、「嘗て私は死と夢の念想にとらはれ幻想風な作品や幼年時代の追憶を描いてゐた」（「死と愛と孤独」）というにすぎない。

原民喜の自閉症的な性格、および、それ故にこそ、彼の生と文学を支えるものとして、妻貞恵の存在がどんなに大きかったかを、彼を知る友人の多くが語っているが、その愛妻を彼は不惑の年を迎えて失うのである。そして、広島の実家へ、よぎない帰郷を強いられることになる。そのときの心境を彼は「遥かな旅」のなかで次のように述べている。

もし妻と死別れたら、一年間だけ生き残らう、悲しい美しい一冊の詩集を書き残すために……と突飛な烈しい念想がその時胸のなかに浮上ってたぎつたのだつた。

だが、その、いわば自ら定めた猶予の一年を一ヵ月残して、原民喜は広島の惨劇に出会ったのである。それは、一人の作家を包んでいた美しい愛の感傷をも、自閉症的な孤独の世界をも吹きとばす未曽有の事件であり、作家にとっては不意の試練であった。

原民喜は、「生れ故郷の末期の姿」を漠然とながら半ば予感しており、しかし、その「地獄変」の形を予期していなかったから、その襲来に対して裸で立ち向かうしかなかった。そのときに作家が試されるのは、それまでの反省に彼が鍛え養ってきた自らの目が、真に文学的なものであるかどうかである。

文学的とは、この際、惨劇の渦中にあって、自らの位置を確め、火傷者や悶死者に思いを寄せながら、異常事態のなかで生起する諸現象を、限られた局面と細部において、冷静に的確に把握する、というほどの意と考えておきたい。そしてその点、原民喜の目はみごとに文学的であった。彼自身、「夏の花」を振りかえって、次のようにいっている。

あのやうに大きな事柄に直面すると、人間のもつ興奮や誇張感は一応静かに吹き飛ばされるやうである。僕は自分が体験した八月六日の生々しい惨劇を、それがまだ歪まないうちに、出来るだけ平静に描いたつもりである。（「長崎の鐘」）

原民喜の作品系列のなかで、戦前戦後を問わず、「夏の花」は群を抜いて結晶度が高い。それにはいろいろと理由があるが、まず第一にはモチーフが強烈であったこと、そこから派生する記録者としての使命感を持ったことである。これはやはり、とかく孤独癖や自意識の過剰によって屈折しがちな原民喜においては、稀有なことというべきであろう。

水ヲノム　石段下ノ涼シキトコロニ一人イコフ　我ハ奇蹟的ニ無傷ナリシモ　コハ今後生キノビテコノ有様ヲツタヘヨト天ノ命ナランカ　（「原爆被災時のノート」）

同じ内容のものとしては「夏の花」のなかにも、「このことを書きのこさねばならない」という文章で出てくるが、いずれも時代の証言者としての自覚である。それがどんなに不幸な、酸鼻を極める地獄図であろうとも、千載一遇の機に立ちあったという意識が、原民喜の作家根性を弾き、自閉的な孤独からよみがえらせたのである。このとき彼は、歴史の一角に立ち、「コノ有様ヲツタヘ」る相手として人類を想定している。

第二に、時代の証言者としての自覚が必然的に生みだす記録精神がある。もともと原民喜には虚の世界への志向は強いとしても、そのための虚の構えがほとんどない。その結果として彼の作品は稀薄な物語性の代りに、現実の細部に対する鋭敏な感覚的反応、それを内部に取りこんでの自閉的な省察、そこから逃れでてゆくための幻想的逍遥など、強い主観性によって染められている。

記録精神は原民喜のなかから、細部への凝視を残したまま、主観性を払拭する。彼の目は内部にUターンすることなく、ひたすら対象化された外的現実に向う。彼の目は衝撃的な地獄図にも揺らぐことなく、すべての人間と風景の異変を透徹する。かつて主観性へと磨ぎすまされたまなざしが、内省と想像を廃して、外部を的確にとらえることに執着する。そこには孤独の呻きも、愛への憧れも介在する余地はなく、ただ一瞬のうちに「パット剝ギトッテシマツタ　アトノセカイ」があるだけだった。

その時点での原民喜の、ふてぶてしいとさえ思われるような作家魂は、その記録の作業を、被爆の翌日からすでに始めている。たとえば、「原爆被災時のノート」の初めから十一行目には、「ココマデ七日東照宮野宿ニテ記ス　以下ハ八幡村ノ二階ニテ」という記載がある。

では、被爆によって喚起された原民喜の、作家としての高揚の中身は何かといえば、それは次のようなものである。

新しい人間が見たいという熱望は彼にもあった。彼があの原子爆弾で受けた感動は、人間に対する新しい憐憫と興味といってもいい位だった。急に貪婪の眼が開かれ、彼は廃墟のなかを歩く人間をよく見詰めた。（「氷花」）

第三に、惨劇の記録が的確であり、文学的であるためには、その本質にかかわるものとして、社会意識、戦争批判が前提になければならないが、それが原民喜にはかなり根強くあるということである。彼は学生時代にマルクス主義の文献に触れ、Ｒ・Ｓやモップルにも参加しているが、そのことの残照ではないにしても、戦時中の世相や軍隊に対する嫌悪は烈しい。たとえば、「戦争の虚偽が、今ではすべての人間の精神を破壊してゆく」（「壊滅の序曲」）という考えは、その果てに破局を予感する人間にとって、予感を遥かに越えた形での広島の惨劇に、まっすぐにつながってゆくからである。むろん、それらは隠し味のように、見えない形でつながっているのであるが、その虚線が作家の記録精神を、つまりは批判精神に高めることに役立っているにちがいない。

こうして「夏の花」は、あるいは、「壊滅の序曲」と「廃墟から」を加えての三部作は、私的体験の記録という形をとりながら、原爆被災とその前後の情況を克明に正確に表現することになった。「念想」などという余分なものを含まない描写は、人間や物や風景を、それ自体として直接に指し示す文章によって、その映像ばかりでなく意味までも鮮明にし、人間が非人間化され、非日常が日常化された世界をみごとに描きだしている。

だが、原民喜の原爆に関する小説は、極言すれば「夏の花」一作、あるいは、「夏の花」を中心とする三部作で終っているのである。なぜなら、記録的な方法は、それ自体一つのすぐれた方法にはちがいないけれど、一つの主題を深めるという方向には進まないからである。それは一回きりの方法であって、新たな作に向うためには、新しい素材を発掘するか、照射の角度を変えるしかないが、そのためには足を使ってか資料を集めてかで調査を進めねばならない。だが、原民喜の場合、彼の資質からいっても、生活環境からいっても、その条件はなかった。

被爆体験を、素材的にも主題的にも深めようとする場合、普通のやり方は虚構の世界に移しかえることだが、それは原民喜の作風にはないものだった。彼は生涯にわたって、主として、肉親と愛妻と原爆とのかかわりを、私的経験の範囲で描いたにすぎず、幻想以外では、虚なる人間をも虚なる事件をも描くことはなかった。

そして原民喜は、「夏の花」に対する好評のゆえに、原爆を書く作家であることから離れられず、新しい資料も虚構も得られぬまま、被爆による内的後遺症を描く方向に流れていった。それを彼の生活環境の変化が助長し、「あの原子爆弾の一撃からこの地上に新しく墜落して来た人間」と自分を思い定めるようになる。

敗戦の翌年再び上京した原民喜は、飢えと孤独と世事のわずらわしさに傷めつけられ、ことに住居を追いたてられて「宿なしの罪業感」(「魔のひととき」)を負わされ、「僕は突離された人間だ。還るところを失つた人間だ」(「鎮魂歌」)、「僕がここに存在してゐるといふことが、ここでは一番いけないことなのだ」(「飢え」)と思うようになる。

ときに、子供の姿や、山や樹木の生動や、赤ん坊を抱く若い母親の姿に、ふと希望と幸福を感じることもあるが、それすらもが被爆の記憶によって打ち消されてしまう。そして、「僕にはもうこの世で、とりすがれる一つかみの藁屑もない」(「心願の国」)と感じ、果ては「自分のために生きるな、死んだ人たちの嘆きのためにだけ生きよ」(「鎮魂歌」)と祈るような気持ちで自分にいいきかせるだけになる。

そのとき彼は、愛妻に死なれた当時の心境に近いところに戻っていたのだろう。原民喜は「悲しい美しい一冊の詩集」の代りに、愛妻の死をめぐる前後の日々を、「苦しく美しき夏」、「美しき死の岸に」、「死のなかの風景」などの作品に描いた。彼にはもうなすべきことはなかった。折から朝鮮戦争に飛び立つ米軍機が日本の空を舞っていた。怒りから嘆きへ、戦争を繰り返す人類の愚かさに絶望しながら、原民喜は「雲雀」から「流星」へと変って昇天したのである。

(『国文学：解釈と鑑賞』一九八五年八月号)

**右遠俊郎**（うどう　としお）＝一九二六年岡山県生まれ。作家。『無傷の論理』で芥川賞候補（一九五九年下半期）。『小説　朝日茂』で第21回多喜二・百合子賞受賞（一九八九年）。『右遠俊郎短篇小説全集』、『風青き思惟の峠に』、『国木田独歩の短篇と生涯』、『小林多喜二私論』など。

本書は、青土社版『底本原民喜全集』を底本に、『夏の花・心願の国』（新潮文庫）、『原民喜戦後全小説』（講談社文芸文庫）を参照して、作品の時期に従って原爆被爆前、その日、その後の順に並べ、解説に代えて右遠俊郎の小論を付して編集しました。本書の題は、「夏の花」の原題が「原子爆弾」であったことに拠っています。底本の表現で今日から見れば不適切と見られるものがありますが、作品が書かれた時代状況や作品の価値、著者が故人であることなどを考慮しそのままとしました。なお、漢字・かな遣いを現代用字用語にあらため、適宜ふりがなを調整したことをお断りします。

「原子爆弾(げんしばくだん)」その前後(ぜんご)
——原(はら) 民喜(たみき)小説選(しょうせつせん)

二〇二〇年 八月二三日 初版第一刷発行

著 者 原 民喜
発行者 新船 海三郎
発行所 本の泉社
〒113-0033
東京都文京区本郷二-二五-六
TEL 〇三(五八〇〇)八四九四
FAX 〇三(五八〇〇)五三五三
http://www.honnoizumi.co.jp/
印刷 音羽印刷株式会社
製本 株式会社村上製本所


ISBN978-4-7807-1978-9 C0093